鬼の鈴

秘め事おたつ 二

目次

鬼の鈴

一

「わ、お〜ん、わんわん！」

遥か東の空が明けてくると、『稲荷《いなり》長屋』の柴犬「トキ」が、むっくりと立ち上がって声を張り上げる。

トキは、「青茶婆」おたつが飼っている雌犬だ。江戸府内にくまなく知らせる、あの『時の鐘』から名を取っただけあって、寸分の狂いもなく夜明けを告げる。

ただ、トキが吠えるのはこの一声だけで、すぐに軒下《のきした》でとぐろを巻くように蹲る《うずくま》と、以後何が起ころうと知らんぷりを決め込んで二度寝に入る。

すると、このトキの一声を合図に、長屋の連中や近くで暮らす金に困った連中が我先にとおたつの家の前に立ち並ぶのだ。

皆が皆、今日の商いの元手や、切羽詰まった時の寸借《すんしゃく》をおたつに頼みに来るのである。

とはいえ連中の顔には深刻な色はない。落ち込んでいる風にも見えない。皆表情は明るく軽口をたたき合っている。

金に不自由していることなど笑い飛ばして生きてやる、ぐらいな感覚か――。

尤《もっと》もこうして長屋の貧乏人が明るく暮らせるのは、ひとえにおたつの存在に依るところが大きい。

おたつは口も達者だが人情に厚いのだ。

さて今朝はどんな顔ぶれが並んでいるかというと、一番先頭に並んだのは、おなじみの棒手振《ぼてふ》りの弥之助《やのすけ》だった。

「おたつさん、起きているかい？」

遠慮気味に弥之助は腰高障子《こしだかしょうじ》を叩く。

「いいよ、おはいり」

おたつは土間近くの板の間に出て来ると、外に向かって声を掛けてやる。

ここまでは、雨が降ろうと槍《やり》が降ろうと、毎日決まって繰り返される光景だ。

弥之助は、にこにこしながら家の中に入って来た。

「おはようございます」

今朝は弥之助らしくない丁寧さだ。

「おはようさん、今日もしっかり稼いでくるんだよ」

おたつは、大福帳《だいふくちょう》を手に座って応じる。

「あれ、おたつさん、今日はやけにお肌つるつるじゃあないの？」

弥之助は、にやりとおたつの顔を見て上がり框《かまち》に腰を据え、持参した巾着《きんちゃく》から昨日借りた五百文と利子十五文をおたつの膝前に置いた。

「ばかばかしい。年寄りにお肌つるつるとか、そんなお世辞言ったって負けてやりゃしないよ。うちはね、口を酸っぱくして言っている通り、利子は百文につき三文だ」

おたつは容赦のない顔で銭を手元に引き寄せると、真剣な目つきで勘定し始めた。

おたつは世に「烏金《からすがね》」と呼ばれる一日貸しの高利貸しをしている婆さんだ。

烏金とは今朝銭を貸せば、明日の朝、烏が「カア！」と鳴く頃には返して貰う、それが条件の賃借のことをいう。

「はい、確かに……」

おたつは銭の勘定を終えると、弥之助が出した利子十五文のうちから、十文を突き返した。

この十文は、おたつからのお恵みでもなんでもない。

おたつが探している「吉次朗《きちじろう》」という人の消息について、商いがてら噂を拾って来る、それが約束の手間賃だ。

「ありがとさんです」

弥之助は、押し頂いて自分の巾着に十文を落とし入れると、

「今日もよろしくお願いします」

今度は今日の商いの元手の借金を申し出た。

「五百でいいんだね」

じろりとおたつは弥之助の顔を見る。

「すまねえ、今日から七百にしてもらいてえ」

弥之助の顔は自信に満ちている。近頃は商いが増えて、弥之助はこの長屋でも稼ぎ頭だ。

「順調のようだね、結構なことだ」

おたつは銭を足して、七百文にして弥之助の方に差し出した。

「おたつさん、この調子なら、いずれあっしは小体《こてい》な八百屋の店を持てるかもしれ

ねえ」

「そうなるといいね」

おたつはさらっと返す。

「あら、喜んでくれないのかい？」

「まったく、捕らぬ狸の皮算用って言葉を知ってるだろ。お前さんは考えが甘いから……いいかい、資金もこれだけ貯めました……話はそれからだよ。ちょっとばかし商いが良くなったと言って大喜びしてどうするんだい。さあさ、無駄口叩いていないで、仕入れに行くんだよ、それ！」

追い出すようにおたつは手を振った。

「ちぇ、せっかく喜んでくれるかと思って言ったのに……金だってそこそこ貯めてんだぜ」

「喜んでますよ。でもね、少しばかり貯めたといって有頂天になるんじゃないよ。油断は禁物、店を持つまでは気を引き締めて！」

「へいへい分かりました」

言い負かされて外に出ようとした弥之助に、

「ちょっと待った。いまさっき、お肌つるつるって言ったでしょう、本当にそう見えるのかい？」

おたつが訊《き》く。珍しくちらりと女の顔が覗く。

「あはは、つるつるかと思ったけど、あれは光の加減だったのかな。行って来やす」

弥之助は、舌をぺろりと出して出かけて行った。

「ったく、なんだよ、年寄りをからかって……」

ぶつくさ言ったところに、次の客が入って来た。


――ふん、弥之助め、あんな言い方があるものか。

おたつは、集金袋を手に長屋を出たが、からかわれたことが頭から離れない。

確かに自分じゃあ、もう女の気《け》なんて毛ほどもないとは思っているが、褒められりゃあ悪い気はしない。

実は数日前、両国の西袂《にしたもと》の小間物屋で、皺《しわ》が伸びるという化粧品を買って試しているところだった。

自分でも少し皺が伸びたかなと思っているところに、弥之助が冗談にしろ褒めてくれたものだから……やはり少しは効き目があったのだと、おたつは心の中でにやりと笑っていたのである。ところが間をおかずに「光の加減か……」などと言ったのだ。

舌打ちしながら歩くおたつの姿は、まもなく六十になるとは思えない。

白髪はあるものの、まださして目立つほどではない。歯も丈夫で、漬け物だってぱりぱり食べるし、気力もある。

——まっ、それもこれも全て、大切なお役目があるためだが……。

おたつは、この稲荷長屋の住人になるまでの道のりを反芻《はんすう》する。

話せば長いことながら、おたつは五年前まで、愛宕下《あたごした》にある花岡藩五万石の上屋敷で奥の女中の取締役として務めていた。

部屋子の数人も従える奥の権力者で、長きに亘《わた》る功績により、深川に殿様から拝領した町屋も持つほどになっていた。

その余生は、この時降ってわいた一大事に遭遇しなければ、人もうらやむ何ひとつ不自由のない平穏なものになっていたに違いない。

まず、なぜおたつが花岡藩の奥勤めをしていたのか、そこから話さなければなるまい。

おたつの本名だが多津と言う。

十八歳までは国元で両親と弟と四人で暮らしていたのだが、縁談が瞬く間に決まって急遽《きゆうきよ》江戸に出て来て、花岡藩上屋敷の定府《じようふ》だった加島真一郎《かしましんいちろう》の妻になったのである。

真一郎は父を亡くし、母と二人暮らしであった。

国もとの両親も真一郎の母も、多津が子を産むことを待ち望んだが、なかなか子宝に恵まれることはなかった。

——三年子無しは去れ——

という言葉もある通り、多津は真一郎の母親から冷たい視線を浴びるようになっていた。そんな多津の身の上を案じていた国元の両親がまもなく相次いで流行病《はやりやまい》で亡くなった。

真一郎の母親は、それを機に、ますます露骨《ろこつ》に多津に嫌な顔をしてみせるようになっていった。

悲しみにくれていた多津の腹に子が出来たのは、そんな時だった。

多津は二十二歳で出産、待ちに待った男の子で、真一郎も喜んでくれたのは言うまでもない。

ところが、国元の亡き両親にも報告出来ると喜んだのもつかの間、赤子は出生三ヶ月でこの世を去ってしまったのだ。

生まれ落ちた時から身体が脆弱《ぜいじゃく》だったこともあり、正体不明の高熱が続いたのちにあっけなく亡くなったのだ。一家を打ちのめしたのは言うまでもない。

多津は、夫の加島真一郎と姑から「お前のせいだ、臨機応変に医者を変えろと言っただろう」などと責め立てられて、涙を流す日が続いた。

そんな折、上屋敷の奥に乳母として上がってほしいという要請が持ちこまれたのだ。

「世子《せいし》松之《まつの》助《すけ》様に乳を差し上げていただきたい」

使いの者はそう告げたのだ。

おたつは夫真一郎に相談し、承諾を得て奥に上がることに決めたのだった。

この時おたつは、赤子を死なせて針の筵《むしろ》に座らされる苦悩から逃れたいという気持ちがあった。また真一郎の方は、おたつへの愛情が薄れていくのを感じていたようだ。

お互い離れて暮らすのも良いかもしれない、そう言ったのは姑だった。

この姑の言葉はのちに、二人の離縁となっていく。

多津が奥に上がって三年目に、多津と真一郎は離縁した。

まもなく真一郎は再婚したと風の便りに多津は聞いたが、これでいい、あの人に心残りはない、それが多津の偽らざる気持ちだった。

多津はこの頃には、世子松之助を育てることに生き甲斐を感じていた。亡くした我が子を世子に重ねて、多津の松之助に対する愛情は、生母以上だと噂される程だった。むろん松之助の生母との間もいたって良好だった事も多津に幸いした。

そうして多津の存在が奥で大きくなるにつれ、国元の弟は妻帯後、物頭《ものがしら》に出世し、更に町奉行にまで登り、子供も三人育っている。

ただ、弟夫婦は、そうした身分や家格が上がったことは、姉の多津のお陰だと認識している筈なのだが、年月を重ねるごとに疎遠になっていくように思える。

おそらく多津が年老いた時、自分の子供たちに負担を強いられるのではないかと思っている節がある。

一方加島真一郎は、多津と離縁したのち再婚したが、その後国元勤務となって江戸を払って帰って行った。

十年、二十年と年月が経ち、多津が乳を飲ませて育てた松之助は藩主となり名を忠道《ただみち》と改める。

多津も女たちを取り仕切る御年寄として奥の全権を握ることになったのであった。

やがて藩主忠道は正室真希《まき》を娶《めと》り、真希の方《かた》は世子を出産、御子の名は梅之助《うめのすけ》と呼ばれた。

またこの頃、多津の部屋子だった美佐《みさ》に殿様の手がついた。

翌年には美佐も男児を出産、吉次朗と名付けられた。四十三歳になっていた多津も、孫が生まれたように嬉しくて行く末を楽しみにしていた。

ところが次第に奥では正室派と側室派との対立が顕著になってきた。

その原因は二つあった。

ひとつは殿の寵愛をどちらが得るかという事と、そしてもうひとつ、正室と梅之助派、側室と吉次朗派に分かれて、どちらが跡目に相応《ふさわ》しいかという争いになっていったのだ。

　二派を取り仕切る多津は苦労をする事になるのだが、吉次朗が三歳になった時、重い病で死期を迎えていた側室美佐の方は、

「多津様、多津様の部屋子としてお願いしたい事がございます。どうか吉次朗をお屋敷から出して下さい。殿様にもお願い致しましたが、あの子を安全な場所で育てていただきたいのです。佐野家とは縁の無い所で育ってほしいのです。お百姓になってもいい、商人になってもいい、醜い争いのない所で暮らしてほしいのです」

　多津の手を握って遺言したのだ。

　美佐の方が心配するのも無理は無かった。

　半年前に吉次朗が遊んでいた部屋に、まむしがとぐろを巻いていたのだ。

　女中の一人が気がついてまむしは取り除かれたが、どう考えても誰かが持ち込んだとしか考えられなかった。

「吉次朗様のお命が狙われたのだ」

　噂は瞬く間に広がり、その犯人は真希の方付きの女中たちではないかと多津に訴

える者まで現れた。

訴えられた真希の方付き女中たちは怒りにまかせて、美佐の方付き女中に露骨な仕返しをするようになり、多津は両派の責任者を呼びつけて叱ったことがあった。

多津は美佐の方の遺言に頷いてはみたものの、事は藩主家の一大事だ。

殿様に相談しようかどうしようかと迷って更に三年が経った頃、吉次朗六歳の時、おやつの饅頭《まんじゅう》に石見銀山《いわみぎんざん》が混入されたものがあった事が判明した。

その饅頭は、他と形は似ていたが色合いが悪く、あんこが皮を破ってはみ出ていた事で女中が気づき、不審に思って奥の医者に調べさせたところ、毒が混じっていた事が分かったのだ。

またもや吉次朗が狙われたと、奥はふたたび大騒動となった。

ついに忠道は多津を呼び、吉次朗を屋敷の外に出し、誰にも知られぬ所で養育できぬものかと相談してきた。

多津は思案の末、部屋子で目を掛けていた萩野という女中にこの事を伝え、吉次朗を守るよう頼んだ。

「命を賭《と》して吉次朗様をお守りいたします」

萩野は口を一文字に引き締めて誓った。

「住まいは根岸の百姓屋です。周りは畑になっていて、常駐する者の警護はしやすくなっていますから、安心して暮らせると思います」

多津は密《ひそ》かに用意した住まいを萩野に告げた。

ただ、上屋敷とのいっさいの関係を無くすことが吉次朗の安全に繋がるとあって、公に多津が訪ねることは出来ぬゆえ、くれぐれも身辺気を付けて暮らすよう言いつけた。

萩野と吉次朗は、数日後誰にも悟られぬよう上屋敷を出た。むろん護衛には殿様が選んだ九鬼十兵衛《くきじゅうべえ》と友田与次郎《ともだよじろう》があてられた。

二人は選《え》りすぐりの隠密《おんみつ》だった。吉次朗が成人するまで交代で見張りと警護を受け持つのだ。

奥の女たちや上屋敷の侍たちには「吉次朗様は国元で育てることになって出立《しゅったつ》された」そのように多津は告げている。

上屋敷を出てから七年、吉次朗は萩野を母親のように慕い、根岸で勉学に励み、剣術も教わり、畑で野菜なども作ったりして暮らしていた。

御年十三歳、立派な少年に成長した吉次朗に、報告を受けた多津も殿様も安堵していた矢先、九鬼十兵衛が突然多津に面会を求め、

「多津様、大変なことになりました。本日警護を交代するべく根岸に参りましたところ、友田が殺され、吉次朗様と萩野殿は行き方知れずとなりました」

血相を変えた顔で報告したのである。

多津は急いで身を町人にやつし、殿様の近習数名と九鬼十兵衛の案内で根岸の家に向かった。

だが、その家にはもう、吉次朗も萩野もいなかったのだ。

初冬の冷たい風が主のいない家の中を吹き抜けていたのだった。

「根岸に住処を用意したのは私でございます。この命を賭けて吉次朗様を探し出します」

多津は藩主忠道に暇《いとま》願いを告げ、それで今の長屋に青茶婆おたつとして住み着いたのだった。

――吉次朗様は、きっと生きてお暮らしの筈、今や十八歳にお成りだ……。

一刻も早くこの目でご無事を確かめたい。

自分の歳を考えれば猶予はならぬ……おたつはしきりにそう思うのだった。

二

おたつは小名木川《おなぎ》に架かる高橋《たかばし》の橋の下で、年老いた浪人が鍋で何か煮ているのを見て立ち止まった。

——おやっ……。

高橋という橋は、海辺大工町《うみべだいくちょう》から常盤町に架けている橋で、長さが十八間、幅も二間ある大きな橋だ。

しかも洪水の時に橋が流されないように、両岸に石畳を作って平地より五尺から八尺ほど高く架けてあるので、河岸沿いの道を歩いていても橋の下の空間が良く見える。

浪人は石を集めて作った竈《かまど》に木ぎれを集めてきて燃やしている。

髪は総髪、着物もどうやらくたびれていて、尾羽打ち枯らした、という表現がぴったりの浪人だった。

哀れな……おたつは眉を顰《ひそ》めた。

幸せそうな年寄りを見るのは嬉しいが、いかにも日々の食事も困っている、或いは自身の居場所を失ってしまったような老人を見るのは辛い。

初老の男は、ぼんやりと座って川の流れを見ているかと思えば、時折思い出したように火の具合をたしかめている。

初老の浪人の横手、丁度橋の下に当たる場所には、小屋ともいえぬ筵を垂らした粗末な住まいが見えている。

――気の毒だが、まっ、関わっている暇はない。

おたつが足を踏み出したその時、突然浪人が胸を押さえて横倒しになった。

同時に火に掛けていた鍋がひっくり返り、竈の中から灰と白い煙が立ち上った。

「どうしたっていうんだい」

おたつは、走って土手を下りた。

「もし、大丈夫かい？」

浪人に訊いてみたが返事がない。

「駄目だ、これは」

おたつはまた慌てて土手を走り上ると、近くの海辺大工町の番屋に駆け込んだ。

「大変だよ。ちょいと、手助けを頼むよ！」

番屋の者たちに浪人がぶっ倒れた、動けないようだから早くここに運んで医者を呼んでくれないかと大声を張り上げた。

「ああ、あの浪人だな。もう歳だろう、手当をしてどうなるものでもあるまい」

番屋の小者は鼻先であしらう。

おたつは、かちんときた。

「なんだって、酷《ひど》いことを言うものだね。手当をしてどうなるものでもないかもしれないが、そんな言いぐさがあるものか。いいかい、あんたに父親はいないのかね。あんたの父親が道ばたで倒れて、今あんたが言ったようなことを誰かに言われたと知ったら、どう思う？……怒りに震えるのじゃないかね」

おたつは早口でまくし立てた。

「婆さん、気持ちは分かるよ。でもな、医者を呼ぶとなると金がなくちゃな。ここの番屋は今年は台所が苦しいのよ。なにしろ行き倒れを何人も助けて予算の金は使い切ってしまっているんでね」

こっちの事情も分かってくれといわんばかりだ。

「分かった、あたしが手当の金は払うから、早く！」

おたつは番屋の者をせき立てせき立て、橋の下で意識を失っていた浪人を番屋に運び、奥の部屋に布団を敷いてそっと寝かせ、急いで医者を呼んで来るように小者《こもの》に言いつけた。

浪人の顔は土気色になっていた。頬は痩《や》せこけていて、白髪交じりの乱れた髪が浪人の今の暮らしを語っている。

ただ、おたつが思っていたより浪人は若いように思えた。すくなくともおたつよりは若いと見た。

医者はすぐにやって来た。

瞼《まぶた》を捲《めく》って目の色を診、脈を取り、首に手を当てたり、胸に耳を付けて心の臓の音を聞いたり、身体もあちらこちら触っていたが、やがて手を止めると、

「卒中ですな。運良く今回は助かりましたが、今度発作が起これば命の保証はありませんな」

医者は難しい顔で告げた。

「どうしたら治るんだね」

おたつが尋ねると、

「治る見込みはまずあるまい。今は眠っているが、目が覚めれば手足が思うように動かなくなっている事に気づくだろう」

医者は、この先は暮らしも不自由になるのではないかと言った。

「気の毒に……じゃあ、また発作が起こらないようにするにはどうしたらいいんですか？」

おたつは更に尋ねる。

「そうですな、何事も無理をしないように暮らすことかな。今の医学では治すのは難しい」

医者は薬も置かずに、そそくさと帰って行った。

「まったく、無理をするなって言ったって……藪《やぶ》医者め」

あのような暮らしでは、医者の言うような無理をしない暮らしなど出来る筈がないではないか。

おたつが独りごちていると、

「おたつさんでしたね」

番屋の座敷の方で物を書いている書役《かきやく》の若い男が手招きをした。

書役とは、町の地主に雇われて番屋に常勤している者で、毎日番屋に出て来て、三年ごとに提出するこの町の人口の統計、町入用の割り付けの計算、人別帳《にんべっちょう》の整備、町奉行所からの書類などを書き付けることを旨としている者だ。

番屋には町内の家主なども交代で詰めているが、この男は毎日番屋で書き物をしているだけあって、近辺の出来事にも通じている。

おたつが、書役の側《そば》に膝を寄せると、

「あの浪人の事ですがね」

書役は、ちらと浪人の方に視線を流すと、

「今年の春から、あの橋の下に住み着いているんですよ。それで気になりましてね、だってそうでしょう。腰には二本差していますからね。食うに困って通りがかりの者を襲って金品を奪うなんて事があっては困りますから」

小さな声で言った。

「で、何か知っているのかい？」

おたつが訊くと、

「一度話しかけた事があるんですよ。そしたら、目障りだろうが放っておいてくれ。お前さんが案じるような事はしないよ。そう言ったんです。でも気になりますから、身を寄せる所はないのかと訊いてみたんです。そしたら、逆に訊かれましたよ。この江戸で右の手の甲に火傷《やけど》を負った商人を知らないかとね」

「右の手の甲に火傷……」

おたつが聞き返す。

「はい、どうやら人探しで江戸にやって来たらしいんです」

「屋号とか名前は？」

「知らないようです」

「それじゃあ無理だね。この江戸にはどれだけの商人がいるのか知れたもんじゃないよ」

「私もそう言ったんですが、その人を探さなくちゃあ死んでも死にきれない、そんな事を言っていましたね……私が聞けたのはそれだけですが、あの様子では人探しはもう無理でしょう」

書役の男は、気の毒そうに言った。

浪人はその日は番屋で面倒を見て貰うことになった。

尤も、おたつが書役に十分な手間賃を払って頼んだからだが、番屋で面倒を見るのは一晩限り、おたつに引き取って貰えないかと、その日番屋に詰めていた家主の一人が言ったのだった。

しけた世の中になったものだ、とおたつは思う。

――近頃の若い者は割り切っていて、恩や情も忘れがちだ。年上の者を敬う事もなくなった――などと若い者を批判する輩《やから》が大勢いるが、町の治安を預かる自身番でさえこの始末だ。

人の情は紙より薄くなってしまったとはこういう事か。

――とはいえ……。

おたつは心の中で嘆いてみた後、いやいや、そうはいっても近頃ではどこの町の会所も運営は厳しいと聞いている。

厄介なことには関わりたくないと思っても不思議はない。無理もない話だと気を

取り直して、

「分かりました。そういう事なら、しばらく私が預かりましょう」

おたつは言った。行き掛かり上、手を引けなくなったのだ。

そこでおたつは、翌朝弥之助に手伝って貰って、車夫一人を雇い入れ、荷車を引いて浪人を迎えに番屋に向かったのだった。

浪人は昨日とはうって変わって、生気を取り戻して座っていた。

ただ正座は出来ないのか、左足を伸ばし、背中を柱に凭《もた》せている。

「おや、随分元気になったじゃないか。良かった良かった」

喜んだおたつに、

「も、申し訳ない……」

浪人は頭を下げた。

どうやら口が少しもつれるらしい。

左手左足もしびれていて、少し不自由になったらしいと書役は言った。

「そんな身体じゃあ橋の下は辛いでしょうから、しばらくね、少し元気になるまで私が住んでいる長屋で養生《ようじょう》するといいんだよ。丁度一つ空きがあったんだ。大家さんに頼んで借りてあるから、それなら人に気兼ねもいらないだろ」

おたつは言った。

長屋で浪人の面倒をしばらく看ることになったと、おたつが大家に相談したところ、

「またかい、おたつさんも物好きだねえ」

などと大家は皮肉を言って笑ったが、

「そうだ、それならひとつ空いてるから、そこに入ればいいよ。なあに大家は店《たな》子《こ》の親も同然、それぐらいの事はしなくっちゃ」

気前よく大家の庄兵衛《しょうべえ》は胸を張った。

「珍しいこともあるもんだ。雹《ひょう》でも降って来るんじゃないかね」

おたつが冗談めいて空を見上げると、

「ただしだ」

庄兵衛は注文をつけたのだ。

「氏素性のはっきりしない人を長屋に入れる訳にはいかないんだから、おたつさんの親戚の者とでもしておくかな」

ちゃっかりおたつの保証があっての事だと言ったのだ。

「分かりましたよ、私が家賃は払いますよ」

おたつは言った。

青茶婆は小銭稼ぎの渡世《とせい》なのに、稼ぐ銭より出て行く銭の方が多い。おたつは人知れず苦笑したのだった。

そういう経緯があっての浪人引き取りなのだ。浪人もそれを分かっているのか、

「おたつさん、何から何まですまない。め、迷惑を掛ける」

などと殊勝《しゅしょう》だ。

「そう思うのなら早く元気になっておくれよ。私もね、困っているお前さんを放っぽって、知らぬ顔なんて事出来ないだろ」

おたつは笑った。すると弥之助が、

「この人は、おたつさんていう婆さんなんだ。なにしろ手八丁口八丁、この歳で金貸しをやってるんだぜ、それも青茶婆、取り立てには容赦のないところもあるけど人情も厚いんだ。長屋の者は皆この婆さんを尊敬してる。まあ、ご浪人も大船に乗ったつもりで世話になるがいいや。ただし、おたつ婆さんに逆らったら、怖い怖い」

調子に乗って言ったものだから、

「弥之助、余計なことは言わなくていいんだよ」

すぐにおたつの一喝をくらった。

浪人の顔に、ふっと笑みが見えた。つい先ほどまで頑なに見えた顔に、人情らしい表情が表れて消えた。

浪人は、おたつに言った。

「お、おたつさん、わ、私は渡部甚三郎《わたべじんざぶろう》と申す者、か、か、数々手数を掛け、医者の払いまでしていただいたとのこ、事、お、お、恩にきます」

「いいんだよ、さあ、そうと決まったら、弥之助さん、頼みますよ」

おたつの号令で、浪人は荷車に乗せられて、米沢町のおたつが住む長屋に向かった。

「来た来た、大家さん、おたつさんが帰って来たよ！」

長屋では鋳掛屋《いかけや》の女房おこん、大工の女房おせき、目明あんまの徳三《とくぞう》も笑顔を揃えて待っていた。

その後ろには、前もって連絡して来てもらった医師の田中道喜《たなかどうき》の顔もある。

女たちは浪人が入る長屋を雑巾がけし、ふとんも借りて来て寝床を造り、待っているのだ。

「すまないねえ、みんな」

おたつは嬉しかった。

この長屋の住人は特別だ。皆で力を合わせてひとつになって暮らして行こうという姿勢がまだ残っている。

甚三郎は、よってたかって寝かされると、今度は道喜が丁寧に診察する。

「先生、はっきり言ってくれ。俺の命はあとどのくらいだ？」

診察を終えた道喜に甚三郎は訊く。

すると道喜は笑って答えた。

「人の命の期限を切るなどということは、たとえ医者でも出来る筈が無い。今日ぴんぴんしていた者が、明日はころっと亡くなるって事もあるし、あと半年の命だと言われていた者が何年も生きていたり、すっかり治ってしまう事だってあるんだから……ただ、ご浪人の病は私が診たところ、血の流れを改善させれば、今の手足の不自由はもとには戻りませんが命の危険は遠のく。ご浪人の身体に合った薬を作りますので、それをきちんきちんと飲んで下さい」

道喜は諭《さと》すように言った。その言葉には説得力があった。

半年前に「医者の商売はあがったりです。どうすれば患者が来てくれるでしょうか」などと泣き言を言って、おたつに金を借りに来たあの男と同一人物とは、とても思えないほど自信たっぷりだ。

「ではあっしは、手足のしびれた所に鍼《はり》をしやしょう」

あんまの徳三がそう言えば、

「じゃああたしとおせきさんは、しばらくご飯とお菜を運んで上げるから」

鋳掛屋の女房のおこんが言う。

「では私はこれで……弥之助さん、後で薬を取りに来てくれるね」

道喜が弥之助に念を押して帰って行くと、長屋の連中も引き上げて行った。

三

おたつは、茶葉の入った筒と急須、それに鉄瓶《てつびん》を抱えて家を出た。

二軒先の部屋の前までとことこ歩くと、立ち止まって軒の下を眺めた。

軒先に着古した甚三郎の小袖が洗濯されて干してあった。長屋のかみさんたちが洗って干してくれたに違いなかった。

おたつは、ふっと微笑を漏らしてから、

「おたつだけど、入るよ」

甚三郎の家に入った。

「どうだい、具合は……」

「これはどうも……」

甚三郎はすぐに起き上がって礼を述べた。

すっかり生気を取り戻していた。髪にも櫛《くし》を通し、衣服も長屋の連中のものだろうが、木綿のこざっぱりした物を身に付けている。

浮浪《ふろう》の民と化してあんなに薄汚れていた男が、こうして手を掛けてもらったところで改めて見てみると、自分よりはるかに若いのだとおたつは気づいた。

枕元には薬の袋が見えるし、その側には盆が置いてあり、盆の中にはご飯茶碗と汁椀、それにおかずの皿も二つ載っているが、いずれも空っぽだ。

おせきとおこんが作って来た食事を、きれいに平らげた跡だった。

「ちゃんと食べたようだね」

おたつは微笑《ほほえ》んだ。

「いや、皆さんにこんなに世話になって、申し訳ない。これまで生きてきて、これほどの人の情けを頂いたのは初めてです」

甚三郎は神妙な顔で告げた。

「皆貧乏人さね、明日炊く米を心配しているような連中だけど、助け合わなきゃ生きていけないってことが分かっている。そういう暮らしが人をつくっていくんだね。この長屋の者は皆人がいいんだよ」

おたつの言葉に、甚三郎は頷いた。

「ところで甚三郎さんに訊きたいんだが、甚三郎さんは人探しをしているんだってね」

おたつは火鉢に鉄瓶を掛けると、甚三郎の方に向いて言った。

「そ、その通りです」

甚三郎は頷いた。

「手の甲に火傷の跡がある商人とか……」

火鉢の炭の熾《おき》具合を、火箸《ひばし》で確かめながら訊く。

「はい、た、助けていただいたおたつさんには、そ、そ、その事を、わ、私がなぜあのような世捨て人のような惨めな暮らしをしていたのかを話したい、そ、そう考えていたところです」

おたつは頷き、

「話を聞いても手助けできるかどうか分かりません。ですが私も人探しをしておりましてね。人ごととは思えませんのさ」

しみじみと言った。

甚三郎はその言葉に心を動かされたようだった。言葉を選びながら、おたつに話した。

それによると、渡部甚三郎は西国播磨《はりま》の塩田藩の者だったが、二十年前に上士の不正を被《かぶ》って脱藩した。

「三年ほど姿を隠していてくれ。そのうちになんとかするから、頼む」

恩ある人に拝まれて拒否できず、甚三郎は妻と、生まれたばかりの赤子千絵《ちえ》を連れて国を出奔した。

「おまえさまは騙されたんです。あの方は、おまえさまを犠牲にして、全ておまえさまに罪を被せて、自分だけ助かる道を選ぶに違いありません」

妻は強く不満を漏らしたが、

「黙りなさい！　私が今日在るのはあの方のお陰だ」

甚三郎は一喝して国を後にしたのだった。

それから一年、妻は道中で風邪をこじらせて亡くなった。

甚三郎は幼児《おさなご》千絵を抱えて、宿場町大津で日傭取《ひようとり》などして暮らしていたのだが、自分たちに追っ手がかかった事を知った。

知らせてくれたのは、無二の親友だった内藤静馬《ないとうしずま》という男だった。

甚三郎はそれまで、上士にだけは自分の居場所を知らせていたのだ。

それは事件が解決した暁には呼び戻してもらうためのものだったが、それが悪用されたのだった。

藩庁では全ての不正は甚三郎だと断定し、かねてより上士に知らせていた居場所に追っ手が差し向けられたというのだった。

甚三郎は、ようやく歩き始めた千絵を背負って大津の町を出たのだが、琵琶湖のほとり、葦の繁った原で追っ手に追いつかれた。

さわさわと葦の葉のすれる音を聞きながら、甚三郎は千絵を葦の中にあった田舟《たぶね》に隠し、追っ手の前に躍り出た。

甚三郎を追って来たのは三人、その者たちと死闘の末、甚三郎は三人を斬り、自分も斬られて、そこで意識を失っていた。

気がついたのは百姓の家だった。他の三人は村役人が葬ったと聞いたが、田舟と千絵には気がつかなかったと百姓がいうのを聞き、慌てて這うようにしてその場所に向かったが、田舟も娘の千絵の姿も無かった。

甚三郎は傷が癒えるのを待って一帯を聞き込んでみたが、大津に向かった商人が幼児を抱いていたと知り、急いで大津に戻って調べてみた。

すると、みなれぬ商人がやはり女児を抱いて京に向かったことが分かった。

その商人は絹の糸を求めてこの地にやって来た者だとは分かったが、名前も屋号も分からなかった。

ただひとつ分かったのは、幼児を抱いていた商人の手の甲には、引きつれた火傷の跡があったという。

それから二十年近く、甚三郎は娘を探しているのだった。

「せ、せめて、元気で暮らしていることだけでも分かれば、もう死んでもいい、そう思っているのだが……」

甚三郎は時間を掛けて話し終わった。

既に長屋の外には夕闇が迫っていた。

昨日今日の話ではない。まるで雲を掴むような話だと思ったが、おたつは甚三郎に訊く。

「それで、この江戸には何か手がかりがあったのかい」

甚三郎は力なく首を横に振った。だがすぐに顔を上げると、

「諦めたらお仕舞いだと思っている。ひと目娘に会ってから死にたい……」

きっと空を見据えて言った。

翌日おたつは、汐見橋《しおみばし》東袂にある居酒屋『おかめ』の暖簾《のれん》をくぐった。

「いらっしゃいませ!」

元気な声で女将《おかみ》のおしなが顔を向けたが、

「あら、お久しぶりでございます」

おたつと分かって、嬉しそうな声を上げた。

「岩《いわ》さんは？」

おたつは、板場を覗くようにして訊いた。

まだ昼には少し時間があるからか、客は一人もいなかった。

「出かけているんですよ、すみません。おたつさんもご存じの、北町の深谷《ふかや》さまがご病気で役を解かれ、それでうちの亭主もお役御免になったんですが、その深谷さまが随分お元気になられて、朝釣りをつきあえなんて連絡が来たものですからね」

おしなは、申し訳なさそうに言った。

岩五郎《いわごろう》はついこの間まで、北町奉行所同心深谷彦太郎《ふかやひこたろう》のもとで岡っ引をやっていたのだ。

おたつとの繋がりは、かつておたつが花岡藩の奥を仕切っていた頃のこと、奥の女中が町場で事件に巻き込まれ、それを探索していた深谷と岩五郎が上屋敷を訪ねて来たことがあり、知り合ったのはその時だった。

以後おたつは上屋敷を離れて青茶婆に、岩五郎も十手を返して女房の店を手伝っていると いう訳だ。

「そう……じゃあ出直して来ますかね」

おたつは取り立てがあるから、のんきに店で待つなんて事は難しい。

「いえ、もう帰って来る頃かと思いますよ」

おしなに引き留められてお茶を飲んでいると、まもなく岩五郎が帰って来た。

「お待たせいたしやした。あっしも今日明日には、おたつさんの所に伺おうかと思っていたところです」

岩五郎は腰を据えると、

「おい、俺にもお茶を頼む」

おしなに呼びかけ、

「で、吉次朗さまの事ですがね」

岩五郎は声を落とすと、

「本所《ほんじょ》に『滝沢道場』という看板を掲げた一刀流の道場があるそうなんですが、そこに二十歳ぐらいのキチジロウと名乗る弟子がいるらしいんです」

「間違いありませんか」

おたつは膝を乗り出した。

「本所を縄張りにしている岡っ引仲間の話です。別人かもしれねえが、一度出向いて確かめた方がいいんじゃねえかと思いましてね」

岩五郎は神妙な顔で言った。

「是非……」

おたつは頷く。自分でも顔が強《こわ》ばっているのが分かった。

なにしろ、こんな情報は初めてだ。人違いであったとしても、早急に会って確かめてみたい。

「ただ……」

岩五郎は一拍おくと、

「その男は侍ではないらしいんです。近くの大百姓の倅《せがれ》だというんですが」

「会ってみます。百姓町人として育てられていても不思議はないのですから」

おたつは、側室美佐の方が最後に言い残した言葉を覚えている。

側室美佐の方は、跡目争いに吉次朗が巻き込まれるのを防ぐためには、町人として育ててもらってもいい、二度とこの屋敷に戻ってこなくて良いから、安全な場所で幸せに暮らしてほしい、それが母親としての願いだと言ったのだ。

おたつが吉次朗を託した女中萩野も、その事は知っている。

吉次朗が今、百姓町人として暮らしていても、少しもおかしいとは思わない。

「では明日、行ってみますか。仲間の話では、キチジロウって人は、時折顔を出すようだと言っていましたから、明日会えるかどうかは分かりませんが、とにかく行ってみましょう」

岩五郎は言った。

「で、おたつさんの用というのは？」

改めた顔で岩五郎は訊いた。

「この話しも人探しなんですけどね……」

おたつは、匿っている甚三郎の話をした。

「おたつさんも忙しい人だ」

岩五郎は笑ったのち、

「手の甲に火傷のある商人ですか……」

ちょっと考える風だったが、岩五郎には覚えがないようだった。

「まっ、その件も仲間に訊いてみますよ。ただ大商人ならともかく、絹を仕入れる小商人は探し出すのが難しいかもしれねえ」

「すまないねえ、なんだかんだと」

おたつは、懐紙に包んだ一両を岩五郎の前に置いた。

「おたつさん、よしてくださいませんか」

岩五郎は懐紙を突き返して、

「あっしは、おたつさんのお役にたつって事が嬉しいんでございますよ。あの、花岡藩の奥で飛ぶ鳥落とす権力を持っていた方が、青茶婆になって長屋で暮らしているなんて、誰が想像出来るでしょうか。人を探すにしたってですよ。お屋敷を出ても綺麗な仕舞屋《しもたや》で暮らし、人を雇って吉次朗さまを探すってことも出来た筈なのに、自らその歳で長屋暮らしを選んで苦労しているなんて、まるで隠密だ。恐れ入ったのなんのって、そんな人のお役に立つなら、あっしだって誇りだ」

岩五郎は胸を張った。

するとそこに、おかわりのお茶を運んで来たおしなも言う。

「おたつさん、私たち夫婦には子供がいません。この歳になってつくづく思うのは、子のいない寂しさです。若い時には、子育てだって大変だから、子はいなくてもいいかなって思っていたけど、近頃では孫を連れて歩いている人を見るとうらやましくてね。だからおたつさんのお手伝いをさせていただくって事は、そんな気持ちを忘れられる、張り合いがあって有り難いんです。どうか身内だと思って、遠慮無く、がんがん使ってやって下さい。この人、お店にいたって、あんまり役には立ちませんから」

おしなは、岩五郎をちらと見て笑った。

「ちぇ、言いたいことを言ってら。俺だって、おめえの顔を始終見ているより、外を出歩いている方が、よほど憂《う》さが晴れるってもんだよ」

言い返した岩五郎。

「ありがとう、嬉しいことを言ってくれて……」

おたつは言った。おたつだっていわばひとりぼっちだ。二人の言葉には癒やされる。

四

翌日おたつは、岩五郎と一緒に本所に向かった。

両国橋の東詰で岩五郎の岡っ引仲間で仙太郎《せんたろう》という若い男が待っていてくれて案内をしてくれた。

「滝沢道場、なんて大げさな看板を掲げてはいますが、本所の外れですからね、やって来るのは百姓や町人がほとんどだと聞いておりやす。期待を裏切ることになるかもしれませんが……」

仙太郎は、おたつに言った。

なるほど仙太郎の言う通り、滝沢道場は法恩寺《ほうおんじ》橋を渡った東袂に看板を掲げていたが、その杉の板一枚の薄い看板が風に煽《あお》られるたびに、こつんこつんと侘《わび》しい音を立てていた。

道場も普通の家で古く、外壁を覆っている羽目板も腐りかけていて穴が空いているところもある。

しかも剣術の稽古の音も全く聞こえてこないのだ。

「ごめん、先生はご在宅かい？」

仙太郎が土間に踏み込んでおとないを入れた。

「誰じゃ？」

出て来たのは白髪頭の爺さんだった。

焦げ茶の裁《た》っ付袴《つけばかま》に土気色に薄汚れた道着、その形《なり》は剣術家らしいが、痩せ細っていてよろよろした老人だ。ただ面相だけは険しい。

「先生ですか？」

岩五郎が訊く。

「そうじゃが、弟子入りの話かな」

奥目を開いて、期待一杯の顔で訊いてきた。

「いや、こちらにキチジロウさんて人が弟子入りしているって聞いたんだが……」

仙太郎は十手を出して尋ねた。

「近頃顔を出してないな」

つっけんどんに言って、奥に引き返そうとする。

「先生、住まいを教えていただけませんか」

仙太郎は畳みかけた。

「住まい……」

道場主は面倒くさそうな顔を向けると、

「ここから三町ほど先の押上《おしあげ》村だ」

「押上村か……」

「もう帰ってくれ。しゃべれば身体の中の力をそがれる。見ての通りこっちは弟子が減って炊く米もないのだ」

道場主は、暗く光る目で言った。

おたつは慌てて手提げ袋に手を入れると、何かをつかみ出して道場主に差し出した。

「ありがとうございます。教えていただいたお礼です。大福餅です」

昼の弁当の代わりに持って来たものだったが、そっくり道場主に手渡した。

「何、大福だと……かたじけない、遠慮無く頂こう」

急に道場主の顔が輝いた。そして、

「そうだった、奴は押上村の名主の倅だ。父親は岡島藤兵衛《おかじまとうべえ》だ」

ちゃっかりと詳しく教えてくれたのだった。

押上村の名主岡島家の家は、すぐに見つかった。

立派な門構え、広い庭には木々が茂り、母屋とは別に平屋も蔵も建っていた。

キチジロウに会いたいと仙太郎が告げると、年老いた女中がすぐに奥から若い男を連れて来た。

「キチジロウさんだね」

おたつの問いに、キチジロウは怪訝《けげん》な顔で頷いたが、すぐに、

「本当の名は、鹿蔵《しかぞう》です」

と言う。

「鹿蔵!」

驚いて聞き返した岩五郎に、

「鹿のように元気に飛びまわる人間になるようにって両親が付けたらしいんですが、私は鹿じゃない、人間だ。自分の名前大嫌いだったんです。そしたらある日、この家に客人が長逗留しまして、その人の名がキチジロウ……」

「何、長逗留した客人の名がキチジロウだったというのか」

岩五郎が驚く。

「はい、同じ年頃で、よく一緒に遊んでいましたから、この家を出て行くのだと聞いた時には手を取り合って泣きました。ですから、キチジロウって名は私が餞別《せんべつ》に貰い受けたような気がして、それで勝手に使っていたのです」

鹿蔵の話は、聞き捨てならない話だった。

「それは何年前のことでしたか？」

おたつが訊く。

鹿蔵はすぐに答えた。

「五年前、いや、四年前かな、私が十四歳だったから……」

「その時、一緒にいた人は？」

「母親と一緒でした」

「母親の名は？」

おたつは畳みかける。

「みのさん、だったかな……おっかさんなら、みのさんの事も良く覚えていると思いますが……」

次々と訊かれて、鹿蔵は戸惑っている。

おたつはすぐに、鹿蔵の父親か母親に面談を求めた。

だが、二人とも母親の実家に出かけているとかで、帰宅は八ツ（午後二時）頃だと言う。

まだ半刻（一時間）はあったが、おたつは無理を言って待たせてもらう事になった。

「すまねえ、あっしはここで失礼いたしやす……」

仙太郎は十手を預かっている同心から探索を命じられている事があるらしく、一人で先に帰って行った。

おたつと岩五郎は、客間に案内されて岡島夫婦の帰りを待った。

「これは、お待たせをいたしました」

岡島夫婦が客間に入って来たのは、八ツの鐘が鳴り終わってまもなくの事だった。

二人とも外出着を着替えるまもなく客間に来てくれたらしく、藤兵衛は恰幅のある身体に絹の小袖に羽織姿、女房は小豆《あずき》色の江戸小紋に黒い繻子《しゅす》の帯を締めた姿で着座した。

おたつも、こんな対面もあろうかと思い麴塵《きくじん》色地の小袖に千歳茶《せんざいちゃ》色の帯を締めてきている。

青茶婆が生業《なりわい》とはいえ、ついこの間までは奥を取り仕切っていた女だ。きりりと背筋を伸ばして座っている姿には何とはない威厳《いげん》があった。

客間に入って来た夫婦も、おたつの隙の無い姿に、一瞬面食らったような顔色になった。

「私が岡島藤兵衛でございます。そしてこちらが妻のせとと申します」

藤兵衛は言い、おたつの顔を見た。

「お疲れのところをすみません。私はたつと申します。そしてこちらは岩五郎さんと申しまして、つい先頃まで北町のお奉行所のお手伝いをしていた方です。本日こちらに伺ったのは他でもありません。私は吉次朗という人を探しておりまして……ええ、詳しい事情はお話する事はできないのですが、お世話になりましたお屋敷から頼まれましてね。そしたらこちらにキチジロウという名の方がいらっしゃると聞きまして参った訳です。ご子息の鹿蔵さんには、キチジロウの名を名乗るきっかけになったいきさつをお聞きしました。その時に、こちらで長逗留していた親子連れについてお聞きしたのです。是非にもその親子についてお話をうかがいたく……この通りでございます」

おたつは両手をついた。

「……」

藤兵衛は大きく息をついた。女房のおせとは顔色を変えている。

二人が当惑しているのは明白だった。

やがて藤兵衛は息を整えると、語調を改めて訊いてきた。

「おたつさん、お世話になったお屋敷とは、どなたのお屋敷の事でしょうか」

「はい、花岡藩でございます」

おたつも覚悟を決めて藤兵衛を見返すと、

「こちらに逗留していた親子は、花岡藩縁《ゆかり》の親子ではなかったかと……私は二人の無事を確かめたくて、ずっと探しているのでございます」

「そうでしたか、花岡藩のお屋敷の……するとあのお二人は、町人ではなかったのですな」

「！……」

しまった、余計な事情を教えることになってしまったかと、おたつは一瞬ひやりとして、

「私が探している花岡藩縁の親子というのは、花岡藩邸で働いていた親子なんですが、事情があって屋敷を出てしまったものですから……」

苦しい言い訳をした。

藤兵衛は頷いた。思慮深い目をおたつに向けると、

「おたつさんが探している二人の事情についてこれ以上伺うのは止《よ》しましょう。少なくともおたつさんが、二人の無事を案じていることだけは確かなようだ」

おたつは、力を込めて頷いた。

藤兵衛は息をつぐと、改めた顔で語り始めた。

「あれは五年前の、丁度今頃のことでした……」

藤兵衛は小作の男から、押上村の畑にある小屋に見慣れぬ母と倅が潜んでいるようだと報告を受けた。

藤兵衛は男衆《おとこし》三人を連れ、その畑に向かった。

そして小屋を覗いてみると、母親らしき町人髷《まげ》の女が足から血を出して横たわり、倅らしき十三、四の少年が、竹筒の水を母親に飲ませようとしていた。

藤兵衛の合図で、男衆とともに一斉に小屋の中に入ると、

「怪しい者ではございません。どうぞお見逃しを……お役人に渡さないで下さいませ」

母親は手を合わせた。

言葉は丁寧で、藤兵衛は二人は武家に繋がる身分の者だろうと思った。

しかもどう見ても、何か悪行をやって逃げて来たようには見えなかった。

何か事情があって逃げて来て、この小屋にいるのだと藤兵衛は直感した。

「安心しなさい、まずその怪我を治さなければ……」

藤兵衛の合図で、母子を藤兵衛の屋敷に連れて来て、医者に傷を見せ、しばらく逗留するように勧めた。

「あの傷は刀傷ですな」

医者は藤兵衛夫婦にそう告げたが、藤兵衛は二人を詮索することはしなかった。

「私はみのと申します。倅は吉之助《きちのすけ》です。夫が遺した僅《わず》かなお金で、浪々の身を母子二人で過ごしておりましたが、先日突然に夜盗に襲われまして、暮らしていた家を追い出されたのでございます」

藤兵衛は、その言葉を信じることにした。

家族や使用人にも、二人に何かと聞き出そうとしてはならないと釘を刺した。

丁度吉之助は倅の鹿蔵と同い歳、二人は双子の兄弟のように仲良くなって野を駆け、魚を捕り、鳥を追っかけた。

みのもすすんで台所などを手伝ってくれるので、女房のおせとも大いに助かり、このままこの家にずっと暮らしてくれたらと思うようになっていた。

「ところがです……」

藤兵衛はそこまで話すと、言葉を一度切り、息を整えて、

「妙な輩が二人やって来たんです。どこかの侍でした。殺気だった顔で、こちらにいる母と倅を渡してほしいと言ったんですよ」

「何者だと名乗ったのですか」

おたつは尋ねるが、心が凍り付く思いだ。

「言いませんでした。力尽くでもという雰囲気でしたが、私は一帯を治めている名主だと告げ、言葉に二言は無い、いかなお侍でも不躾《ぶしつけ》ではないかと声を荒らげたのです。ここにはそんな人はいない、余所《よそ》を当たって下さいと……そしたら、今日は引き上げると捨て台詞《ぜりふ》を遺して帰っていきました」

だが、その話をみのに伝えると、顔を真っ青にして震えていた。

その様子を見て、あの武士たちと関わりがあるのだなと藤兵衛は思ったと言う。

「それで翌朝、まだ夜が明け切らぬ村を二人は出て行かれたのです。むろん私もそう勧めたのです」

出て行った二人に思いを馳せるように藤兵衛の目もとには親愛の情が浮かんでいる。おたつは藤兵衛の骨のある義侠心に胸を熱くして、

「でも、どちらに行くとは聞いていないのですね」

おたつは訊いた。

藤兵衛は頷いた。

——萩野と吉次朗に違いあるまい。

おたつは確信し、岩五郎と顔を見合わせた。

ずっと黙って聞いていた岩五郎が口を開く。

「藤兵衛さん、ひとつお聞きしたいのだが、息子は吉之助と名乗ったと先ほど聞きましたが、鹿蔵さんはキチジロウだと言っていましたがね」

「それは、子供同士の会話の中で出て来た話のようです。別れ際に、仲良くしてもらった事は一生忘れない。実は自分の本当の名は吉之助ではなくてキチジロウだと言ったと倅は言っています。どんな漢字なのかは知らないのですよ」

藤兵衛の話に嘘があるとは思えなかった。

「その後、連絡はないのですね」

おたつの問いに、藤兵衛は頷いた。

「もし、何か連絡があった時には、私に知らせていただけないでしょうか」

改めた顔でおたつは頼む。

「承知しました。何か消息がつかめましたらお知らせいたしましょう。ただし、おたつさん、あのお二人の素性を教えていただけませんか。私たち家族は、あのお二人を案じているのですよ。むろん他言はけっしていたしません」

真剣な目で藤兵衛はおたつを見た。

これ以上隠すことは、この夫婦への忘恩の振舞いではないか……おたつはそう思って頷き、岡島夫婦に告げた。

「私は花岡藩の奥の女中でした。そして吉次朗さまは花岡藩にとっては大切なお方、母と名乗っているのは私の手の者で萩野と申す女です。その二人をある場所で匿っていたのですが、突然そこが襲われて二人は行方知れず、今血眼になってさがしているのです」

五

「与七《よしち》さん、一椀頼むよ」

おたつは、深川に行った帰りに、新大橋の袂で『どんぶりうなぎ飯』の看板を出している葦簀《よしず》張《ば》りの腰掛け店に入った。

この店には五日に一度は必ず立ち寄る。

「相変わらず元気だな、おたつさんは……」

ねじり鉢巻きに白いたすき掛けの粋な与七が、にこりとしておたつを迎えた。

「タレはたっぷり。そうだ、一人前持ち帰りも頼むよ」

おたつは、腰掛けに座ると、煙草を吹かしながら大川に目を遣った。

ゆったりと流れる大川に、幾艘もの船が見える。

「ここはいい眺めだねえ。気分が晴れるよ」

おたつは言った。

「おや、おたつさんにも悩み事があるのかい？」

与七は、ぱたぱた団扇《うちわ》で炭火を扇ぎながら言う。

「大ありだよ、ありすぎて困ってしまう」

「ふふ」

与七は笑った。

「何が可笑《おか》しいんだよ」

おたつは、今度は漬け物を引き寄せて、ぱりぱり食べる。

この店は、うなぎが出来上がる間、勝手に漬け物を食べ、お茶を淹《い》れて飲みながら待っていて良いことになっている。

「だって、おたつさんは、また厄介な人を連れて来て、世話してるっていうじゃないか。弥之助さんが笑っていたぜ」

「弥之助さんが……」

「近頃時々ここにも来てくれるんだ」

「生意気な、人に烏金借りて商いをしているっていうのに、何考えてるんだろ」

「許してやってよ、弥之さんは独り身なんだからさ。女房でもいれば、家に帰るのが楽しみで道草なんてしないだろうが、弥之さんは家に帰ったって誰も待ってはいないんだから」

「まあね、でも、そんな事を言ったら、あたしだって同じさ。待っている人なんていない」

「でもおたつさんは、長屋のみんなに好かれて、幸せじゃないの」

与七は、どんぶりにうなぎを乗せて、おたつの所に持って来た。

「ありがとう、いただきます」

早速おたつは、うなぎに箸をつける。

与七はまた板場に戻って、うなぎを焼きながら、

「おたつさん、弥之さんはおたつさんの事、おふくろだと思っているんだ、だから

うなぎを食べに来るのも、おたつさんの真似をしたいんだよ」

「ほんとかね」

おたつは笑った。

「本当だよ。あっしに言ったんだから……あいつのおっかさんは亡くなってる。田舎には親父さんがいるらしいんだが、後妻を貰ってるらしくて、その後妻がまた強《ごう》突《つ》く張《ば》りなんだって、だから親父とは縁を切ったって言っていたんだ。二度と家には帰らねえって」

おたつは初めて聞く話だった。

そういえば弥之助は、毎朝おたつの小言を嬉しそうに聞いている節がある。

「なんだね、弥之助さんにも言ってんだけど、商いがうまくいったら所帯を持って、人並みの幸せを摑まなきゃ、与七さんだっておんなじだよ。嫁さん貰って、おっかさんを喜ばしてあげなきゃね」

「駄目だよ、うちは……」

与七は笑った。

「何が駄目なんだよ」

「うちのおふくろは、性格がね。どんな人を貰っても、気に入る筈がねえんだから。俺は諦めてるよ」

「何言ってるの、いい人が出来たら、あたしがおっかさんに言ってあげるから」

なんだかんだ言いながら、おたつはどんぶり飯を、ぺろっと平らげてしまった。

「さあ、これでまた頑張れる。持ち帰りのうなぎは出来たかい？」

立ち上がったおたつに、

「あいよ、うんとタレを掛けておいたから」

与七は、おたつに手渡して、

「そうだ、ひとつ頼まれている事があったんだけど、おたつさん、あっしの知っている人で、おたつさんに金を借りたいって人がいるんだけど、話を聞いてやってはくれませんか」

真顔で訊いた。

「何をやってる人なんだい？」

「袋物を作っているんだ。ところが亡くなった父親が作った借金がまだ残っている上に、おふくろさんが病気になってさ。このままじゃあ誰かの妾《めかけ》にでもなるしかないって言ってるんだよ」

「妾……」

おたつは考える。

金額にもよるが、貸してやったはよいものの、取り立てが出来ないなんて事になったら、商売はあがったりだ。

「うちは大口じゃあないからね」

「それは分かってる。とにかく話を聞いてやってほしいんだよ。おたつさんなら良い知恵を貰えるかもしれないしさ。それに、口添えしてやるって約束してしまったから」

「ったく。分かった、じゃあ長屋まで来るように伝えておくれ。ただし、力になれないかもしれないからね」

「ありがとう、おたつさん、その持ち帰りの分、お代はいらないから」

与七は、にっと笑った。

――おやっ、何かあったのか……。

土産のうなぎを抱えて帰って来たおたつは、木戸を入った所で立ち止まった。

甚三郎の家の前に大家の庄兵衛をはじめ、鋳掛屋の佐平治《さへいじ》おこん夫婦などが集まって何やら言い合っているのだ。

「あっ、おたつさんが帰って来た！」

おこんがおたつに気づいて、おいでおいでをする。

「いったい、どうしたんだい？」

おたつは小走りして近づいた。

「いなくなったんだよ、甚三郎の旦那が……」

言ったのは大家の庄兵衛だった。

「なんだって！」

おたつは、家の中に飛び込んだ。

「！……」

敷いてあった布団は畳まれていた。そして、長屋の者が運んでくれたと思われる食事はちゃんと平らげたらしく、食器は洗って伏せられている。

長屋の者たちに借りていた着物は畳んで置いてあった。どうやら女房たちが洗って干してくれた自分の着物に着替えて出て行ったようだ。

おたつは部屋を見渡したのち、後ろを振り返り、おたつの反応を顔を寄せて見詰めている長屋の者たちに訊いた。

「何時《いつ》出て行ったんだい……」

「それがさあ、誰も気づかなかったんだよ。昼前に、四ツ（午前十時）頃だったか道喜先生が薬を届けがてら身体の様子を診に来てくれたんだけどね、その時はいたんだから……先生が帰ってしばらくしてから大家さんが様子を見に来たら、この有様さね」

おこんが不満の混じった声で言う。

一生懸命世話をしていたんだから気持ちは分かる。皆に黙って出て行く事はなかろうと、おたつも思った。

「昨日私が覗いた時には、このままここで寝てはいられないんです、命が消える前に娘に会わなくては死んでも死にきれない、なんて呟いていましたからね。あたしもそれがあったから、今日も覗いてみたんです。そしたらもぬけのからで。尤も、道喜先生の薬は持って出たようですから、身体の心配はしているらしいんだが……」

大家の庄兵衛が言った。

「すまないねえ、みんな。一生懸命手を尽くしてくれたというのに、無鉄砲にも程がある。何か手がかりというものがあれば探しようもあるんだろうけどさ、やみくもに出歩いたって見つかる筈がないんだよ」

おたつは自分が連れて来ただけに、みんなの心を裏切って出て行ったと思うとやりきれない。

やれやれとおたつはそこに座った。

与七の店で貰って来たうなぎは、甚三郎に食べさせてやろうと思っていただけに腹も立てている。

とはいえ、何か置いていった物はないものかと殺風景な部屋を念入りに眺め回したその時、

「なんだろ？」

畳んだ布団に挟まっている物におたつは気づいた。何かを手ぬぐいで包んで、布団の中に挟んでいるようだ。

近づいて引き抜いた。

「これは……」

おたつが驚くと同時に、長屋の連中も近づいて来て声を上げた。

「おたつさん、それ、懐剣《かいけん》じゃないか……」

甚三郎が持っていたのを、おたつばかりか世話をしていた長屋の者たちは知っている。

ただその懐剣は、年月を重ね、鞘《さや》の外観は傷むに任せた、ひび割れが目立つような代物だった。

「あっ……」

懐剣を包んでいた手ぬぐいから紙切れが落ちた。

拾い上げてみると、甚三郎が遺していった短い文だった。

おたつはみんなに聞こえるように読み上げた。

「おたつさん、長屋のみなさん、世話になりました。この懐剣は浪々の暮らしの中で、包丁代わりに野菜を刻んだり、時には竹や木を伐ったりと日頃使用していた物です。傷みが激しく幾らにもならんだろうが、せめてもの私のお礼の気持ちです」

「遠慮してたんだね。でもあの身体じゃあ、どうなることか……」

大工の女房おせきが呟く。

「手は尽くしたんだ。見つからなければ仕方がない。おたつさん、念のために弥之助さんには、甚三郎の旦那が暮らしていた橋の下まで走ってもらったからね。ひょっとして橋の下に戻っているかもしれないから」

大家が言った。

その弥之助が帰って来たのは、皆もそれぞれ自分の家に引き上げて、長屋の路地に薄墨色の影が覆い始めた頃だった。

「おたつさん、いるかい？」

弥之助は大家の庄兵衛と一緒に、おたつの家に入ってきた。

「やっぱり甚三郎の旦那はあそこにはいなかったです。ついでにあの世話になった番屋にも訊いてみたんだが、甚三郎の旦那の姿を見た人はいないようでした」

「ごくろうさん。もうしようがないね。浪人とはいえ皆に世話になるのが心苦しかったんだろう」

「しかしなんだな。お侍といえば皆結構なご身分だと思っているけど、甚三郎の旦那を見ていると、気の毒としかいいようがないですな」

庄兵衛はため息をついた。

六

うなぎ屋の与七の口利きで若い女が訪ねて来たのは、翌日のことだった。

色の白い、目の涼しげな娘だった。

着ている物は着古した木綿だったが、けっしてそれが貧しさを連想させるというのではなく、慎ましげに見えて好ましい感じがした。おたつは、座敷に上げてお茶を淹れると、

「与七さんとは知り合いなんだね」

ちらと見遣ると、女は頷いて言った。

「同じ長屋に住んでいます。私はちえと言います。与七さんのおっかさんも、うちのおっかさんも病弱で、それでお互いよく話をするようになって……」

「ふむ、おちえさんね」

与七とは慕いあっている仲かなと、ふとおたつは思いながら、

「袋物を作っているんだって？」

畏《かしこ》まっているおちえに訊いた。家計の内情をまずは知らなくてはならない。

「はい、おとっつぁんが商いに失敗してからは、家族で袋物を作って小間物屋に卸して暮らしてきました。でも、三年前におとっつぁんは亡くなりました。そして今また、おっかさんが正座が難しくなってしまって」

「病名は？」

おたつは訊く。

「神経痛だっていうんですが、膝が腫《は》れて座れないばかりか痛みもあるようですから、細かな袋物作りも長くは座れなくて……」

「ふむ……」

じろりとおたつは、おちえの顔を覗いたのち、

「父親の借金と母親の病でお金がいる。にっちもさっちもいかないから、誰かの妾になる事も考えているって与七さんから聞きましたが……」

「ええ……」

おちえは恥ずかしそうに俯《うつむ》いた。

「その器量だ、武家屋敷に奉公だってできるだろうけど、下働きでは金にはならないからねぇ」

おたつは思案の顔になる。

「かと言って……」

俯いているおちえの顔をちらと見て、

「すけべな旦那や爺さんの妾になるのは、私は反対だね」

「……」

「与七さんだって悲しむでしょうよ。与七さんとは二世《にせ》を誓った仲なんだろ？」

おたつはつい口走った。

「いえ、それは違います」

おちえはすぐに否定したが、おたつの目には、与七はおちえという娘に関心があるのだろうと思っている。

それならばなおさら、助けられるものなら助けてやりたい。

「与七さんとは幼なじみ、なんでも相談出来る相手、それだけです」

おちえは言った。誤解されないようにと、用心した言い方だった。

「で、いくら貸してほしいというんだい」

「五両です。五両あれば当座の問題は解決します。実はおとっつぁんの遺した借金が利子を含めて五両ちかくまだ残っているんです。その五両を三日のうちに払ってほしい、払えないというのなら、妾の口を世話するからって、そんな事を言ってきたんです」

「ははん、おちえさん、どうやらどこぞの色じじいが、おちえさんを見て一目惚れし、金貸しに橋渡しを頼んだんだね、汚い奴……わかった、五両貸しましょう。ただし、うちだって高利貸しだよ、返済できるのかい?」

おたつは、火鉢の中の炭の具合が気になって、火箸で炭を動かすと、灰の中に火箸を突き刺した。

どんな事情があろうと商いは商いだ。そこの所ははっきりしておかなくてはならない。

何かを取り決める時に、話をきっちり詰めておかなくては、まあまあなあなあで先に進めると、後でもめ事の種になったりするのだ。

「かならず返済は致します。お約束します。一度には無理ですが、今作っている袋物を十日先にはおさめる約束なんです。それをおさめる事が出来ればお金は入りますから……」

「ふむ……」

「信用して下さい。おとっつぁんの借金だって元本だけでも三十五両あったんです。それを、こつこつとおっかさんと返して来て、元本利子含めて五両になっているのですから」

「わかった、信用しましょう」

おたつの言葉に、おちえの顔は一瞬に明るくなった。

「ありがとうございます。与七さんの言った通り、おたつさんのお陰で助かります」

おちえは両手をついて礼を述べた。

「一度おちえさんが作っている袋物を見せておくれ。今どこにおさめているのか知らないが、少しでも条件の良い所におさめるようにしないとね。もちろん、お前さんの腕次第というところだけど」

「ありがとうございます、恩に着ます」

おちえは深々と頭を下げた。

「そうと決まったら、お茶でも飲んで……」

台所に立って湯飲み茶碗を取り出していると、

「おたつ婆さん！」

弥之助が飛び込んで来た。

だが、お客のいるのに驚いて、弥之助はたたらを踏む。

「なんだねえ、そんなに慌てて。お茶でもお飲み、今お客さんに淹れるところだから」

弥之助に上がり框に座るよう促した。

「ありがとさんです」

弥之助は嬉しそうに腰掛けたが、その視線は一瞬にして部屋の中にいるおちえに気持を奪われてしまった事を隠そうともしない。

「で、何か良いことがあったんだね」

おたつがお茶を淹れてやって尋ねると、

「大口の客がまた増えたんだよ、大きなお店でさ、今まで貰っていた野菜屋と喧嘩《けんか》したとかで、新しい野菜売りを探していたっていうんだ……あっしはね、嬉しくって……おたつさん、このままいけば、本当に、本当にだよ、近い将来、あっしは店が持てる、きっとな」

「結構じゃないか、良かったね」

おたつも嬉しい。

「だろ……そしたらさ」

弥之助は、玉手箱でも開けて見せるような目つきをすると、

「おたつさんの面倒ぐらいは、見てあげられるだろ」

えへんと胸を張って照れくさそうに笑ったのだ。

「私のことなんていいんだよ。お前さんが幸せになってくれれば、それで十分」

おたつは手を振った。

「またまた、そんな事言わないでよ。あっしはね、おたつさん、こうして商いを続けてこられたのは、おたつさんのお陰だと思っているんだから、そのお返しはしなくっちゃって、ここに誓ってるんだ」

自分の胸をどんと叩く。

「分かったよ、頼もしいことだね。期待せずに待ってるから」

おたつは笑った。弥之助の思うようにはいくまいと思っている。だが、弥之助の優しい言葉は嬉しかった。

「信用していいよ。だからあっしは、いの一番に、おたつさんに知らせたくって、それで走って帰ってきたんだよ」

興奮は続いているらしく、弥之助は出されたお茶をかばっと飲んだ。

「あちちちち、喉が焼けるよ！」

悲鳴を上げた弥之助を見て、座敷に座って話を聞いていたおちえが、くすくす笑った。

「へっへっ、どうも……」

弥之助は、ちらとおちえを見やり、それから頭を掻きながら照れくさそうに笑った。

数日後、おたつは思い立って与七の紹介で金を貸してやった、おちえが暮らす長屋に赴いた。

与七も暮らすその長屋は、新大橋の東方、北森下町にあった。

おたつは、木戸を入ってから見渡した。

与七の話では、木戸から四番目の家だと聞いていたからだ。

──あそこだな……。

おたつが目を留めた家の軒には、七寸か八寸四方の板切れが風にくるくる舞っていて、その板切れに袋の絵が描いてあるのが見えたのだ。

おたつは近づいて、自分の名を告げて戸を開けた。

「まあ、おたつさん、先日はありがとうございました。お陰で助かりました」

おちえが上がり框まで出て来て礼を述べた。そして後ろを振り返り、

「おっかさん、お世話になったおたつさんです」

おちえは奥の部屋で横になっている母親に告げ、おたつを部屋の中に上げた。

「母親のおとめといいます。娘のおちえが無理をお願いいたしまして……」

おとめは身を起こした。

「どうぞそのままに、おちえさんの話では、おっかさんも大変な様子だと聞きまし

たので、心配になって立ち寄らせていただきました」

おたつは挨拶しながら、素早く部屋を見渡す。

三畳の板の間が作業場になっていて、壁際には着物を入れる乱れ箱に、仕上がった沢山の袋物が重ねて入れてある。

「見せてもらってもいいかい？」

お茶を淹れているおちえに訊くと、おちえは笑みを湛《たた》えて頷いた。

おたつは乱れ箱の側に寄って、中に入っている袋を取り出して並べた。

巾着に煙草《タバコ》入れ、鼻紙入れもある。それに近頃流行の女たちが外出する時に提げる巾着、京坂では段袋《だんぶくろ》と言っているようだが、いずれの生地も江戸小紋、口を開閉する紐は袋の柄に合わせた色とりどりの真田紐《さなだひも》。

「いいね、高級感もあるし、女たちが喜びそうな袋物だ」

呟きながら、巾着の口についている小さな鈴が目に留まった。

鈴には花や金魚の小さな絵が描いてあり、振ると可愛い音がする。

「その鈴、女の子は喜ぶかなと思って……」

おちえは、おたつにお茶を出しながら言った。

おたつは大きく頷き、

「いったいどこの店に引き取って貰っているのだい？」

おちえに訊いた。

するとおちえは、神田の小間物屋の名を言った。

「ふうむ、そんな店じゃ勿体ないね。もっと大勢のお客の目に留まる大店に卸すようにすれば手間賃もうんと増える筈だ」

「そう言っていただけると嬉しいです。その鈴をつけるって案も、今回が初めてなんですが」

「いや、これはきっと喜ばれますよ。ちょっとした考えだけど、なかなか思いつかないものなんだから、特にこの鈴に、花や金魚などの絵が描いてあるのがいいね。良く考えたものだね」

おたつは、おちえの腕に驚いていた。

「褒めていただいて嬉しいです。実はその鈴の事は、私のお守りについていた鈴がきっかけなんです」

おちえは胸元から古いお守り袋を取り出しておたつに見せた。

守り袋には鈴がついている。

「へえ……」

おたつは鈴を見詰めた。おちえが巾着に付けている鈴より少し大きい鈴だが、その鈴には、お能で使用する般若《はんにゃ》の面《おもて》が描かれている。

「この鈴、般若の顔ですけど、お守りについているという事は、きっとお守りを授かった者を守るという事だろうと思ったんです。でも巾着には可愛い絵がいいかなと考えて……」

おたつは大きく頷くと、

「このお守りは何処《どこ》の神社なんだろうね」

まじまじと見る。

「今となっては分かりません。おとっつぁんは昔、私が幼い頃は、上方に出向いて絹の仲買をやっていたようですから、上方の、どこかの神社かお寺で手に入れたのではないかと思います」

「絹の仲買を……!」

おたつは、あっとなった。

——それに、おちえの名は……千絵ともとれる。

一瞬、甚三郎の話が頭を過《よ》ぎった。

おたつは、座敷の奥で、じっと耳を傾けている母親のおとめに尋ねた。

「おとめさん、ご亭主は手の甲に火傷を負っていたのではありませんか。あるお人が探していたんですよ、手の甲に火傷の跡がある商人を……探していたのはご浪人ですがね」

するとおとめの顔色が一変した。

「妙な話をなさるものですね。うちの亭主は火傷なんてしておりませんよ」

つっけんどんに否定すると、

「おちえ、早く縫ってしまわないと、おたつさんに返済できなくなるんだからね」

おたつに仕事の邪魔をするなと言わんばかりだ。

「おっかさん！」

おちえが諫《いさ》めるように声を上げた。だがおとめは、それを拒否するようにおたつたちに背を向けて、ごろりと横になった。

「すみません。おっかさんは昔の話は嫌いなんです」

おちえは困惑して言った。

「いいんですよ、じゃあ、私はこれで」

おたつは、恐縮して見送ろうとするおちえを制して家の外に出た。

七

小名木川に架かる高橋の上から西方を望むと、遠くに富士山の頭が見える。

おたつは、橋を北から南に渡りながら西方を見た。富士山には靄《もや》が掛かっていたが、いつもと変わらない姿を見せていた。

おちえが住む長屋から甚三郎が暮らしていた高橋の土手までは、四半刻（三十分）もかからない。

ふとおたつは、甚三郎の事を思い出して立ち寄ってみたのだった。やはりというか、甚三郎の姿はなかった。煮炊きをしていた石で囲った竈はそのままだった。焼け残った木ぎれと竈の底に残った白っぽい灰が川風に吹かれている。

おたつは、近くの草むらに腰を据えた。

袂から煙草入れを取り出して一服付ける。

「ふう……」

白い煙が、おたつの息と一緒に上っていく。

煙草を吸いながら見渡した小名木川には、沢山の俵を積んだ船や、柴舟《しばふね》、人を乗せた船も行き来していて、ここに座って眺めていれば、なんとなく自分もその行き来の中に加わっているように思える。

まさかとは思うが、甚三郎の娘が千絵という名だったと思い出した事で、忘れかけていた甚三郎の事が再び思い出される。

袋を作っているあの娘がおちえという事、そして父親は上方で絹の仲買をしていたという話、さらに足の具合の良くないあの母親が、昔の話を異常に嫌っているという事も、おたつにはひっかかっていた。

――そしてあの鈴……。

いったいどこで手に入れたものなのか。

――ああ、駄目だ駄目だ……。

自分はどうしてこんなにお節介なのかと、煙管《キセル》と煙草入れを袖に落としたその時、

「やっぱり、おたつさんだったか……」

番屋の書役の男が近づいて来た。

「その節はどうも……」

おたつが頭を下げると、

「いえいえこちらこそ押しつけてしまって……随分面倒をみて貰ったと聞きました。番屋じゃ出来ないことです」

「ところがあの人遠慮して、早々に出て行ってしまったんですよ」

おたつは苦笑した。

「ええ、弥之助さんから聞きましたよ。弥之助さんは、あれから野菜を売りに来ていますからね」

「すみませんね、図々しくて」

「いえ、そんな事は……それよりおたつさん、あの浪人、甚三郎の旦那は西国播磨の塩田藩の人だったんですよね」

「ええ、そうでした」

「一人番屋を訪ねて来たお侍がいるんです、甚三郎の旦那を探しているとかで」

書役は怪訝な顔で言う。

「えっ……探しているって、塩田藩の者ですか？」

まさか追っ手ではないかと、おたつはひやりとする。

「そうです。塩田藩の者で甚三郎の旦那とは友達だったと……この橋の下で不審な浪人がいたという話をどこかで聞いたらしいんです。それでやって来られたようなんですが、甚三郎の旦那はもうここにはいなかったし、引き取られていった長屋も出て行ったって事は弥之助さんから聞いていたので教えてあげたんです。そしたら、落胆して帰っていきました」

「名前は名乗ったのですか」

おたつの問いに、書役は首を横に振った。

「こうしちゃあいられない」

おたつは急いで土手を上がり、書役に、

「すまないけど、駕籠《かご》を呼んでくれないかしら」

書役に頼んだ。

「わかった」

書役はすぐに近くの駕籠屋に走ってくれて、おたつは駕籠に乗って下谷《したや》に走った。

下谷の御成道《おなりどう》西方に、塩田藩の上屋敷がある。おたつはそこに向かったのだ。

「お頼み申します！」

おたつは駕籠を下りると大声を張り上げた。

「何用だ」

「はい、私はこちらに勤める内藤静馬の縁戚の者、会って話したいことがございまして参りました。お取り次ぎを……」

おたつは以前甚三郎から聞いていた、無二の親友だったという内藤静馬の名を出してみた。

あの番屋の書役の話から、甚三郎を案じて訪ね探しているなどという御仁は、内藤という友人の他にはいないのではないかと考えたからだ。

おたつの勘が当たっていれば、内藤静馬は、この目の前の藩邸に起居している筈だと思ったのだ。

「ふむ」

門番はおたつの顔を窺《うかが》い、それから順番に足下まで眺め回した。

なにしろ見慣れぬ婆さんだ。

だがその物腰には、いいあらわしがたい威厳のようなものがある。

「分かった、暫時《ざんじ》そこの腰掛けで待っているように。内藤静馬だったな」

門番は、おたつが内藤静馬の縁戚の者だと信用してくれたようだった。

「して、そなたの名は？」

おたつの名を訊いてきた。

「はい、おたつと申します。それで分からなければ、甚三郎とお伝え下さいませ」

「甚三郎……男の名じゃないか」

「はい」

「まあいい、ここで待っているように」

門番は奥に走って行ったが、まもなく甚三郎と似た年頃の侍を連れて出て来た。

長身の実直そうな侍だった。

侍は門番に頷いてむこうにやり、おたつに近づくと、

「おたつさんですね、内藤静馬です。海辺大工町の番屋で名前は聞いていました。

ここではゆっくりと話も出来ぬ。こちらへ」

静馬は自分が寝起きしている長屋におたつを案内した。

同僚の者はお勤めか江戸見物にでも出たのか、誰もいなかった。

「甚三郎の事が何か分かったのでしょうか。おたつさんの長屋で病を癒やしていたと番屋で聞きましたが、その後行き方知れずになったのだと……」

「甚三郎さんについては今どこにいるのか分かっていません。今日参りましたのは、甚三郎さんはいったいどういう事情で国を出奔することになったのか、詳しくお話ししていただきたくて……」

おたつは甚三郎から聞いていたおおよその話をまず伝えた。

上役から罪を被ってほしいと言われて国を出たが、追っ手に襲われ、その時に娘の千絵と離ればなれになった事。

今はただ、娘の消息を探しての浪々の身、無事で暮らしているのを見るまでは死んでも死にきれないと言っていた事。

「ただ私は、何の罪を着せられてそのような事になったのか、それについては何も聞いていないのですが、自分の罪を配下の者に押しつけるなんて、それが本当ならこんな酷い話があるものかと……」

静馬は怒りを秘めた目で頷いていたが、

「おたつさん、甚三郎は勘定方に勤めていたのです。その勘定方の上役が使い込みをして、甚三郎に罪を被せたのです。しかも抹殺しようと致しました。甚三郎に追っ手が掛かったと聞いた時、私は人に頼んで知らせてやりました、早く居を移せと……。甚三郎を信じていたからです。だが甚三郎は逃げる途中、追っ手に追いつかれて斬り合いになったようです。追っ手を斬り捨てたと聞き、私はほっとしましたが、その後甚三郎との連絡は途絶えてしまったのです」

おたつはじっと聞いている。その耳朶《じだ》に、長屋の外を藩士たちが楽しそうに話しながら通り過ぎて行く様子が聞こえてきた。

おたつは部屋の中の重い空気を払うように静馬に言った。

「きっと、お嬢さんの事で頭がいっぱいだったのかもしれませんね」

だが静馬は首を横に振って否定した。

「甚三郎は、私まで疑っていたのかもしれません。私と連絡をし合っていたばかりに居場所が知られたのだと思ったのかもしれないのです」

「いいえ、それは違います。甚三郎さんは追っ手に襲われるまで上役を信じていたんです。自分の居場所を上役にも伝えていたのです。むしろ内藤様が知らせて下さったことで助かったのですから…」

おたつは静馬の心配を打ち消した。静馬も頷いて、

「襲われたことで甚三郎は誰も信用出来なくなった…」

「ええ、おそらく…」

おたつは言い、甚三郎が哀れだと思った。信じる人も頼る人もいない暮らしがいかに過酷か、想像すらつきかねる。

「おたつさん、追っ手を差し向けた甚三郎の上役ですが、その後、あれは三年目だったと記憶していますが、上役は病で亡くなりました」

「亡くなった……」

驚いて聞き返したおたつに、静馬は顔を和らげて告げた。

「はい、しかも上役の不正は明るみになり、甚三郎の罪は晴れたのです」

「ちょっと待って下さい。すると、甚三郎さんはその事を知らずに逃げ回っていたという事ですか」

おたつは唖然《あぜん》として静馬の顔を見た。

「その通りです。上役の家は断絶、それに荷担した輩も追放やお役御免になっています。藩は、それから甚三郎を探し始めたのですが杳《よう》として行方が分からず、私も以来ずっと探していたのですが、何もつかめなかったのです」

「気の毒な……」

おたつの胸に、ふつふつと哀しみが膨れあがり怒りとなっていく。

「内藤様、甚三郎さんはこの江戸に暮らしているのは明々白々、御家老様に申し上げて、甚三郎さんを助けてあげて下さいまし」

「はい、先日あの番屋に参りまして江戸にいる事が分かりましたので、おたつさんのおっしゃる通り、御家老に申し上げたところです」

おたつは頷き、それで立ち上がった。

だがもう一度腰を下ろすと、

「そうそう、もうひとつ教えていただけませんか。塩見藩には鬼面の鈴のついたお守りを授けて下さる神社かお寺がございますか」

まさかと思って尋ねてみると、

「あります。国元の者たちは、赤子が生まれると必ずお詣りする神社です。厄を払ってくれる鬼、それを鈴に描いているのです」

おたつは驚いて更に尋ねる。

「甚三郎さんご夫婦も、お子が生まれた折には、その神社にお詣りをしたのでしょうね？」

「はい、お詣りした筈です」

静馬は言った。


「わん、わんわん！」

トキが声を上げると、真っ先に入って来たのが、目明あんまの徳三だった。

「おたつさん、すまねえ、助けてほしいんだよ。なぜだか近頃あんまの口が掛からねえんだ。岡場所をまわれば少しは声も掛かるというものだが、あそこは何かと誘惑が多い。こっちもあんまばっかりやってられないだろ……へっへっ」

徳三は照れ笑う。

「あんたはね、女にうつつをぬかしすぎるんだよ。大店《おおだな》のご隠居とか婆さん相手にしてごらん。あんま代とは別に、過分なお手当だって下さるんだよ」

　おたつは、じろりと見て言った。

「年寄りばっかじゃ、あんまをする楽しみがねえ。これが若い女なら、むちむちぷりぷりしてるだろ、あの感触はたまらないぜ、ああ生きてて良かったって気がするんだ」

「馬鹿だねえ、お前さんは、目を開けてあんましてるんじゃないのかね。目をつぶって触ってごらん。若い女も年寄りも変わらないよ。むちむちぐらいしてるんだよ。要は、お前さんのあんまが良く効くかどうかだろ。気を抜いて仕事してたら、次のお呼びはかからないんだから」

「分かってますよ」

　徳三はふくれた顔をする。

「分かってないよ、お前さんは……お前さんが金に不自由しているのは、女に入れあげているからだろ。そんな事を続けるなら、私はもう、お前さんに銭は貸さないよ」

「おたつさん……」

　徳三は神頼みの手をして拝む。

「まったく、今回かぎりだよ。で、幾らなんだい？」

「すまねえ、一朱だ」

おたつは、やれやれといった顔で、銭箱から一朱を出して徳三の前に置いた。

「ありがとうございやす」

一朱を握って外に出ようとした徳三に、

「それはそうと、ここ二日、弥之助さんの顔を見ないんだけど、ちゃんと商いに行っているんだろうね。知らないかい？」

おたつは訊いた。

いつもなら、トキが鳴くや、いの一番におたつの家に飛び込んで来る弥之助がやってこないのだ。

あんなに商いに意気込んでいた弥之助が鳴りを潜めていると、普段賑やかな男だけに気にかかる。

「さあ、確かに顔は見てないけど……どうしたんだろ。まさか女のところに入り浸っているとか」

「お前さんじゃないんだから」

「へっへっ、確かに……」

徳三はぺこりと頭を下げて出て行った。

一刻（二時間）後、おたつは弥之助の家の前に立って声を掛けた。

「弥之助さん、いるのかい？」

だが返事は無い。

おたつは戸に手を掛けた。だが戸が開かない。心張り棒で戸を押さえているようだ。

という事は、弥之助は家の中にいるという事だ。

「何やってんだろ、弥之助さん！……いるんだろ、開けておくれ、弥之助さん！」

中を窺うが、ことりともしない。

「開けなさい！　弥之助さん！」

戸を叩いていると、

「どうしました、おたつさん」

大家の庄兵衛が走って来た。

「どうもこうもありませんよ。中にいるのは分かっているんだけど、心張り棒を支《か》っていて開かないんだから」

ぎゅっぎゅっと戸を引っ張ってみせる。

「おかしいですな……」

大家が戸に手を掛けたその時、中で心張り棒を外す音がして、戸が開いた。

ねぼけまなこの弥之助が顔を見せた。

「心配したじゃないか、いったいどうしたっていうんだい」

叱りつけるようにおたつは言い、弥之助を押し込むようにして中に入った。

庄兵衛もほっとけないとばかりに中に入り、二人は上がり框に座った。

「病気なのかい、それとも、もう働くのが嫌になったのかい」

ぼぉっとして座った弥之助を、おたつはじろりと見た。

「……」

弥之助は口を一文字に閉じて黙っている。

「商いで酷い目にあったのですかな」

庄兵衛も案じ顔で訊く。

「……」

弥之助は俯いた。だが話す気はないらしい。

「弥之助！」

おたつが一喝した。

びくっとした弥之助に、

「何があったか知らないが、大家の庄兵衛さんもこうやって心配しているというのに、なんだい、その態度は……困った時には泣きついて来るくせに……」

「……」

弥之助は畳を睨んだまま動かない。

「ああ、そうかいそうかい、心配してやって来たというのに、迷惑なんだね。私は勘違いをしていたようだね。この長屋に暮らすようになってから、お前さんの事が心配で、いろいろと叱ったり励ましたり……母親が側にいれば、きっとこう言って叱るだろう、いやこの場合は励ましてやらなくてはと心を配ってきましたよ。そしたらお前さんもお前さんで、この間、私に大口の商いが決まったんだと報告してくれた時に、なんと言ってくれた……『店を持ったら、おたつさんの面倒ぐらいは見てあげられるだろ』そう言ってくれたよね。嘘でも私は嬉しかったよ。倅がいたら、こんな事も言ってもらえるんだと思ったものだ。そのお前さんが、口も心も閉ざしている。私を信用していないんだね。いや、私だけじゃないよ、庄兵衛さんだってだよ、家賃が滞っても、じっと待ってあげてた事は一度や二度じゃないだろ、庄兵衛さんも信用できないのかい！」

弥之助は、やっと顔を上げた。だがまだふっきれていない顔だ。

「分かった、庄兵衛さん、帰ろう。もうこんな男にかかわるのは止そう」

おたつは立ち上がった。

「待ってくれ！」

弥之助が声を上げた。

「すまねえ、あっしは、あっしは恥ずかしくて、苦しくて、こんなこと人に話せば笑われるのが落ちだと思って……」

おたつは座り直して言った。

「悩み事はなんだい？」

「へい、女子のことです」

「女子だと！」

庄兵衛が驚きの声を上げて、おたつと顔を見合わせた。

「その人のことを想うと胸が苦しくて苦しくて、何も手につかねえんで……」

「どこの誰なんだよ。男だろ、うじうじしてないで、当たって砕けろだ。ちゃんと気持ちを伝えて、それで駄目なら、きっぱり諦める」

おたつは言った。

「おたつさん……当たって砕けろって、もう結果は分かってるんだよ。当たらなくても砕けてるんだよ」

今にも泣き出しそうな声を弥之助は上げる。

「ああ、情けない男だね。余程の高嶺《たかね》の花なんだね。分かった、もう砕けているんなら口に出して言ってごらん。少しは気持ちが楽になるかもしれないよ」

「そうだよ、おたつさんの言う通りだよ」

庄兵衛も相槌《あいづち》を打つ。

弥兵衛はついに告白した。

「おたつさんも良く知っている人なんだ」

「だから誰？」

「おちえさん……」

弥之助は、蚊の鳴くような声で名を告げると、恥ずかしそうに俯いた。

「!……」

おたつは、口をあんぐり開けたまま、弥兵衛を見た。

八

『煎薬一服十六文』と書いた板切れが、二階屋の軒でせわしなく風を受けて揺れている。

本所横網町《よこあみちょう》の長屋にある田中道喜の居宅兼診療所だ。

長屋とはいえ二階屋になっていて、近頃流行っている少し暮らしに余裕がある人たちの家だ。壁は隣とくっついていても、二階にも部屋があるから部屋数も広い。

こういう家が、これまでの九尺二間の長屋の中に二軒ほど建てられている場合があるのだ。

道喜は、ついこの間までは狭い長屋に暮らしていた。

患者は一人も来てくれず、おたつに暮らしの金を借りに行ったついでに、どうしたら患者が来てくれるようになるのか、そのこつを教えて貰った。

おたつは、蕎麦一杯分の薬代で薬を出してやればいい、そう言ったのだ。

道喜は患者は来なくても腕に自信はあった。自信といっても医者としての実績がある訳ではないから、ただ頭でっかちだっただけだが、蕎麦一杯分の薬代で患者をよび寄せるなど、その時気乗りはしなかった。

だが、おたつにお金を借りに行った手前、嫌とも言えず半信半疑で軒に板切れを吊したのだ。

そしたらなんと、看板が功を奏して、あっという間に患者が押し寄せてくるようになったのだ。

それで前の長屋が手狭になって、この横網町の広い家に引っ越してきたのであった。

医者の家らしく見える家だが、以前と変わりなく軒に看板を吊り下げている。今やお守り代わり、運を呼び込む看板だ。

患者は更に増え、ひっきりなしにやって来ると道喜から聞いていたが、おたつは待合に座って患者の出入りするのを見ていて、してやったりと、満足げな顔で座っているのだった。

　居宅での診察は昼間まで、その頃合いをみてやって来たおたつは、最後の患者が帰るのを待っているのだ。

「おたつさん、お待たせしました」

　診察を終えた道喜は、にこにこして近づいて来た。

「もう立派な先生さまだ。それに、この長屋はいいじゃないか、部屋はいくつあるんだい？」

　おたつは家の中を見渡した。

「玄関に待合、そして台所と診察室、薬簞笥《くすりだんす》と薬調合の部屋。二階が私の居間と寝室になっています」

「ふむ、そろそろ道喜先生も所帯を持たなきゃね」

「いえいえ、それどころではありませんよ」

　道喜は笑った。だがすぐに心配そうな顔をして、

「一度も私のところにやってこなかったおたつさんが顔を見せるなんて、いったい

どうなさったんですか、どこか具合でも悪いのですか……」

おたつに訊いた。

「それだけどね」

おたつは苦笑を浮かべると言った。

「ひとつ手助けしてほしくてやってきたんですよ」

「何でしょう……私に出来ることなら喜んで」

「ある娘さんに恋い焦がれて、いかれてしまった男がおりましてね」

「えっ、誰なんですか、その話は……」

道喜は笑って言った。

「弥之助さんです」

「えっ、弥之助さんが、嘘でしょう」

道喜は笑った。

「弥之助さんはいつも言ってましたよ。頭の中は商いのことで一杯だって。道喜先生、先生と競争だ、お互いに頑張って世間の人たちに認めてもらうようになりたいものだねって」

「ついこの間まではね」

おたつは困惑した笑いを浮かべて、

「ところが娘に恋い焦がれる流行病にかかってしまったって訳なんですよ。今家に籠もりっきりです。体調も崩しているようだし、生気がまったくなってるんですよ。悶々《もんもん》として告白も出来ない。このまま死んでしまっても仕方がない、なんて言ってね。私と大家の庄兵衛さんとで色々言ってみたんだけど、納得したのかしないのか、それすら曖昧なんですよ。それで思いついたんです。お前さんとは歳も似たり寄ったりだし、仲も良い。男同士でもあるし、お前さんの助言ならば聞いてくれるかもしれないってね」

「ふうむ……」

道喜は困った顔で考えていたが、

「ひとつお聞きしたいのですが、その、弥之助さんが恋い焦がれているという娘さんですが、その人の気持ちはどうなんでしょうね」

思い出したように、茶器を引き寄せた。

「あっ、お茶はいいですよ、これから私も出かけなきゃならないんだから」

お茶をまず断って、

「その娘さんの気持ちといっても、弥之助さんの事など、なぁんにも気づいていないと思いますよ」

だから困ったもんだと思っているのだと、おたつは言った。

「そうなんだ、弥之助さんも可哀想に」

道喜は少し同情したようだ。

「一目惚れなんですよ、一回しか会ってないんですから」

おたつは救いがたいという呆れ顔だ。

「私もそうだけど、おたつさん、あんまり女に縁の無い男っていうのは、そういうものかもしれませんよ。人ごとではないように私には思えます。分かりました、一度訪ねて行って話をしてみます」

道喜はそう言ったのだ。

「ありがとう、女はね、男と違って、相手を品定めする時には、顔の造作なんて見ていないんですよ。第一には稼ぎかもしれないけど、その次に見るのは一所懸命に働いている姿なんですよ。何かにうちこむ懸命さが女の胸を打つんです。弥之助さんはそこが分かってないんだから」

「心強い言葉です」

「ああ、それからね……」

立ちかけた腰を下ろして、おたつは付け加えた。

いつもの自分なら、すぐさま弥之助の気持ちをおもんばかって、相手の娘に弥之助の心を伝えようとするに違いない。だがこの度ばかりは二の足を踏んでいる。なにしろ相手の娘には、今深い事情があったりして、それがすっきりとしない事には、自分を恋い焦がれている男がいるなどということは困惑以外の何ものでもない、悩みの種になるだけだと思ったからだ。

だから弥之助には、しっかり働くこと、もう少し時間を掛けて自分も相手も見詰めること。それが大事じゃないかとおたつは付け加えた。

「肝に銘じて……」

道喜は頷いて、おたつの顔を見た。

おたつは半刻後、新大橋の袂に店を出している『どんぶりうなぎ飯』に入った。

「あっ、おたつさん、お忙しいのに呼び出したりしてすまねえ」

与七は、入って来たおたつに頭を下げると、その視線をちらっと店の片隅に投げて頷いた。

おたつは、店の片隅に顔を向けた。すると、そこに座っていた娘が立ち上がって
おたつに頭を下げた。

「おちえさん……」

おたつは、ちょっとびっくりした。弥之助が恋い焦がれている、あのおちえだったのだ。

「おちえちゃんが、どうしてもおたつさんに会って謝りたいって言うもんだから、おちえちゃんの家じゃあなんだし、ここがいいかなって、そう思っておたつさんに連絡したんですよ」

与七は言った。

「本当に先日はすみませんでした」

おちえは、おたつに歩み寄って頭を下げる。

「いいんだよ、そんなことは……わざわざ詫びもいらないのに」

おたつは座って、おちえにも座るよう促した。

店は川端だ。腰を据えて落ち着いてみると冷たい川風が店の中まで入って来る。

「お忙しい方に、ここまで来ていただくのも失礼かと思ったのですが、あの時、おたつさん、おとっつぁんの事をお尋ねでした。おっかさんが嫌がるのでお話できませんでしたが、今日ここでお話させていただこうと思ったものですから……」

おちえは言った。すると横から、

「おたつさん、おちえちゃんはお金を貸してくれたおたつさんには、隠し立てなく自分の家のことの話はしなくちゃ、それは借り手の務めだと言ってね」

与七が口を添える。

「そうだったのかい、私はおちえさんが心を込めて袋物を作っているのを見せて貰いましたからね。それで十分です。この人なら、金を貸したって大丈夫だと思っていますよ」

おたつの言葉に、おちえは嬉しそうに頭を下げた。

「ありがとうございます。おっかさんが何故昔の話をしたがらないか私には分かりません。だって、おとっつぁんは良く働く立派な人でしたもの。人に後ろ指さされるような人ではございません。おとっつぁんには何の非もございません。私はそれをお伝えしたくて……」

「そう……おちえさんは、おとっつぁんが大好きだったんですね」

おたつは言った。

「ええ……」

懐かしそうに笑みを見せる。

「名前は……おとっつぁんの名前だけど？」

「七兵衛《しちべえ》といいます」

「七兵衛さん……確かこの間の話では、絹の仲買をやっていたと聞きましたが……」

おたつはかねてより是非にも聞いてみたいと思っていた事を尋ねた。

「はい、若い時から良い絹を買い求めて上方に出向いていたそうです。一年の大半を絹買い取りのために歩き回り、こつこつお金を貯め、信用を得ていったようです……」

そしておちえが物心ついた頃、おちえは十歳の頃だと記憶しているようだが、父親の七兵衛は江戸に小さな呉服店を構えた。

以前からの信用があった七兵衛は、新参者ではあっても同業者に温かく迎え入れられた。

店の経営も一年一年実績を重ねることで確かなものになっていった。

奉公人も増え、更に立地の良い場所に店を構え、卸問屋も兼ねようかという時に、ふらりと昔の仲買人仲間がやって来た。

その仲買人が言うのには「自分は大坂に店を構えるつもりだが元手が足りない。お前さんの信用をもって金を借りられたら助かるのだが」などと言い、手をすり足をすりして保証人になってくれと七兵衛に頼むのだった。

その男と七兵衛は、かつては上方で助け合った事もある仲間だった。

七兵衛は悩みに悩んだ末に、仲買人の男が持参した借用書に印を押したのだった。

借金の額は百両とあったのだ。上方の『万代屋《まんだいや》』という両替商で借りるという話だった。

一年後のことだ。

強面《こわもて》の男三人が大坂からやって来た。万代屋の者だと名乗り、五百両の返済を迫って来たのだ。

「覚えはない！」

言い返した七兵衛に、三人の男は一年前に印を押した借用書を見せつけたのだ。

それには百の上に五の文字を足して、五百両となっていたのだ。

驚愕して否定する七兵衛に、友達の仲買人は自ら命を絶った。だからお前さんが払ってくれの一点張りで迫ってくる。

終いには、この証文をもってお上に訴える、などと息巻く。

とうとう七兵衛は返済を受け入れて、自分の店を始末して四百両の返済をした。

だが百両の借金が残った。その百両を返済するために、親子三人が同業者だった人たちから端切れを安く提供してもらって袋作りをし、元本三十五両になった時、七兵衛は体調を崩して亡くなってしまったのだ。

「おとっつぁんはそういう人なんです。騙されて馬鹿な奴だと言う人もいますけど、私はおとっつぁんを立派な人だったと思っています。おっかさんだってそう思っているに違いないのに、時に私のことで、いがみ合うことがあったんです。どんな事でいがみ合っていたのか、私には分かりませんが、ひょっとして、あの鈴が原因だったのかなって、近頃思うようになりました」

おたつは、何度も頷いて聞いていたが、

「鈴が原因で喧嘩をねえ……」

おちえの顔を見る。

困った顔でおちえは頷いた。鈴についての話は何も聞いていないとおちえは言い、
ずっと戸惑って来たけれど、七兵衛が、

「これは大切にしておくのだよ」

そう言っていたのを覚えているのだと、おちえは言う。

「おちえさん、おとっつぁんの手の甲だけど」

おたつが言いかけると、

「ああ、その事ですが、火傷の跡だと思います。一度おとっつぁんに訊いた事があります。そしたら、子供の頃に悪さをして、おじいさんに囲炉裏の火搔きを手の甲に突きつけられたのだと言っていました。悪ガキだったからなと笑っていましたけど……」

おたつは、深く頷いた。そしておちえに言った。

「おちえさん、日本橋にある『扇屋《おうぎや》』という小間物問屋を知っているでしょう。小間物としては大店です。そこに喜兵衛《きへえ》さんという番頭さんがいます。その人に袋物を見て貰いなさい。話は付けてありますからね」

おたつは言って立ち上がった。

「えっ、まさかまさか……」

驚愕しているおちえに頷いて、おたつは与七の店を出た。

九

その頃岩五郎も、あちらこちらへの聞き込みが功を奏したようで、京橋の呉服屋『西京屋《さいきようや》』で手の甲に火傷の跡がある男の情報を得ていた。

「西国で絹物の買い取りをしていた七兵衛さんの事でしょうような」

そう言ったのは、西京屋の番頭で宇之助《うのすけ》という者だった。

「七兵衛さん、ですか」

岩五郎は聞き返す。

「そうです、実直な人でした。七兵衛さんは呉服屋仲間にも好かれていましてね、あの人が買い入れて来る絹には間違いがないと、糸も織りも間違いなく上物でした。ですから七兵衛さんが店を持った時には皆応援していましたよ。ところがその店を手放さなくてはならなくなりましてね、五年前のことでしょうか……」

気の毒なことでしたと、番頭の宇之助は言った。

「原因は……経営がうまくいかなかったという事ですか」

岩五郎は訊く。

「いいえ、仲買人時代の友達が借金をするのに保証人になったんですよ。ところがそれがとんでもない詐欺だったようでして……」

七兵衛が保証したのは百両だったのに、五百両に書き換えられて、しかも借金をした当の友達は亡くなり、五百両の借金がそのまま七兵衛の借金となってしまって、店を手放すしか方法がなかったようだと、宇之助は言った。

「すると、七兵衛さんは、今どちらに住んでいるのですか」

岩五郎は続けて尋ねる。

宇之助は苦笑して、

「やはりついこの間まで深谷様から十手を授かっていらした方だ。ついこちらも、べらべらと話してしまいます」

岩五郎の顔色を窺った。

実は岩五郎が町奉行所の同心の手下として最後に当たった事件の時、この店にも聞き込みに来た事があったのだ。

それを宇之助は覚えていて、戸惑いながらも岩五郎の問いに答えているのだった。

「すまねえ、あっしもある方に頼まれましてね、気の毒で放ってはおけなくなりやして」

「いいんですよ、岩五郎さんなら、私どもは信用していますよ」

宇之助は笑って話を継いだ。

「その七兵衛さんですがね、亡くなりましたよ。おかみさんと娘さんは本所だったか深川だったかに住んでいると聞いていますが、私は詳しいことは知りません」

「そうですか、本所か深川にね。で、その娘さんというのはいくつぐらいですか？」

岩五郎は更に訊いていく。

「もうお年頃だと思います。可愛い娘さんでね。ただ、七兵衛さんのカミさんは、娘さんのことについては胸に一物持っていたんじゃないかな」

宇之助は不審げな顔をした。

「というと……たとえば娘さんは七兵衛さんとカミさんの子ではなかったとか?」

岩五郎は話を仕向ける。

「そのようです。私が聞いた話では、カミさんと所帯を持つ前に上方で養女にしたのが、その娘さんだったんですよ。所帯を持ったのもその子を育てるためだったようなんですが、カミさんとの間に子が出来なかった。それでカミさんが余計にね、養女だなんて言ってるけど上方に女がいたんじゃないかと疑って、それでたびたび嫌みを言われて困っている、なんて笑っていましたからね」

岩五郎は話を聞いているうちに、ひとつの確かなものを得たという強い気持ちを覚えていた。

「そうでしたか……番頭さん、これで少し分かってきました。実は北森下町に、母親の名がおとめさん、娘さんの名がおちえさんという親子が暮らしておりやして」

「そ、そうです。カミさんの名前は、おとめさん、娘さんはおちえちゃんでしたよ。

北森下町に暮らしていたんですか」

　宇之助は驚いて言った。

「へい、袋を作って、その手間賃で暮らしているようなんですが、親父さんの借金も残っていたりして苦労をしているらしいんです。そこであっしの親しい人が手助けしてあげたんですが、二人のこの先を案じて、いったいどういう母子なのか調べてみてくれないかと、そうおっしゃるものですから……」

　岩五郎は、甚三郎の話はしなかった。

「そうですか、袋物を作って暮らしているのですか……岩五郎さん、娘さんにお伝えください。うちの旦那さまに話してからの事ですが、反物と一緒に袋を少し置いてもよいのではと、今ふと思いました。旦那様も七兵衛さんの事は良くご存じでございますので、きっとお許し下さると思います。そしたら岩五郎さんに連絡しますので、その時には岩五郎さんから娘さんに、袋を持って来るように、そう伝えてくれませんか」

　宇之助の言葉は温かかった。

　堅実に誠実に生きてきた父親の七兵衛のお陰だろうと岩五郎は思った。

岩五郎は言った。

「岩五郎が、旦那によろしくと言っていたと伝えて下さい」

同じ調べでも、こういう人の繋がりを知る調べは、こちらの心まで温かくなる。

岩五郎は頭を下げた。

「きっと喜びます」


——おやっ、何をやってるんだ。

米沢町のおたつの長屋に急いでいた岩五郎は、本材木町《ほんざいもくちょう》二丁目の煮売り屋の前で騒動が起きているのに気がついた。

「何が侍だ！　ただ飯食おうなんて太《ふて》え野郎だ！」

大きな声が聞こえてきた。

岩五郎は小走りして近づいた。

既に人の垣根が出来ていたが、その垣根を割って前に出ると、地べたに手をついている浪人を、屈強な店の男が叱りつけている。

「ふん、侍が聞いて呆れらぁ、いくら謝って貰ったって飲み食いした物はもう腹の中じゃねえか、えっ、ただ飯ただ飲みした銭を払えって言ってんだよ！」

店の男は、浪人の胸ぐらを摑んだ。

「す、すまぬ。確かに財布は懐にあった筈なのだ。それがいつの間にか……」

浪人は胸ぐらを摑まれたまま、自身の懐を探る。

「どこかで掏《す》られちまったって……芝居を打つのもいい加減にしろ！」

店の男は、浪人の腹を蹴り上げた。

浪人は、どさりと仰向けに倒れる。

「止めてくれ、止めてくれ。この人はあっしの知り合いだ。金ならあっしが払いやすから」

浪人の前に走り出て庇うように手を広げたのは、目明あんまの徳三だった。

「と、徳三さん……」

半身を起こして息も絶え絶えの声を上げたのは、甚三郎だったのだ。

「甚三郎の旦那、無茶しちゃあ駄目じゃねえか」

徳三は膝をついて、甚三郎の身体を抱え込む。

「なんだなんだ、今度は目明のあんまか……」

店の男は、薄ら笑いを浮かべると、

「いいからおめえは退《ど》いているんだ」

今度は徳三の頬を殴りつけた。

「あっ！」

徳三は後ろにひっくり返った。

「徳三さん！」

声を上げた甚三郎を、店の男は再び襟を摑んで引き寄せた。

「番屋に突き出してやる」

「待て！」

今度は岩五郎が現れた。

「話を聞いていたが、相手は無抵抗じゃねえか。しかもご浪人に代わって銭は払うと言っているのに、それも聞かずに殴りつけるなんぞ、お前さんこそ番屋行きだな」

「何を偉そうに、関係のねえ奴は関わらないでくれ」

「関係はある。こちらのご浪人もあんまの男も知り合いだ」

「何……後悔するぜ、俺様を誰だと思っているのだ？」

店の男は、ぐいと岩五郎に歩み寄った。

「お前さんが誰かなんて興味はないね。ついでに言っとくが、あっしは北町お奉行所から十手を預かっている岩五郎ってぇ者だ」

岩五郎は、十手持ちだと嘘をついた。

「な、何……岡っ引だと……」

店の男の顔が歪んだ。

「老婆心ながらお前さんに言っておこう。どんな事情があるにせよ大勢の人の前でやる事じゃない。こちらのご浪人じゃなかったら、今頃お前さんのその頭は、真っ二つになっていた筈だ。いやいや、お侍じゃなくても仕返しされるぜ。どうだい、ここら辺で手をうたねえか。こっちも銭は払うって言ってるんだ」

岩五郎の言葉は、すかっと胸が晴れるように歯ぎれが良かった。

「いいぞ、その通りだ！」

「岡っ引の旦那、その男は何時だって偉そうにしてるんだぜ、俺たちゃお侍を蹴り上げるところを見てるんだ。番屋にひっぱって行った方が良くはないか！」

「その通り！」

次々に野次馬から声が飛んで来た。

「ううう……」

店の男は怒りに震えながら野次馬を見渡した。だがその時、

「岩五郎の親父さん、どうしなさったんで……」

更に珍客が近づいて来た。

北町の同心上林《かんばやし》から十手を預かっている栄二郎《えいじろう》だった。栄二郎は、これみよがしに十手を振り回しながら、

「今の親父さんの話が聞こえなかったのか……ん？……それとも、もう一度言ってやろうか……」

きっと店の男を睨《にら》み据えた。

「ううう……」

店の男の顔に狼狽《ろうばい》の色が走った。

岡っ引二人に揃って責められては、勝ち目は無いと悟った顔だ。

「さあ、代金は幾らなんだ」

岩五郎が詰め寄ると、

「五、五十六文」

店の男は言った。

「旦那、あっしが……」

徳三が出そうとするのを岩五郎は制し、自分の巾着から支払った。

「ちぇ、なんだよ」

店の男は舌打ちして店の中に入って行った。

野次馬から歓声が上がる。

その時だった。

ぐらりと甚三郎が倒れた。

「旦那！……甚三郎さん！」

徳三が大声で甚三郎の肩を揺すりながら呼ぶ。

「触るな！」

岩五郎は一喝すると、

「栄二郎さん、すまねえが番屋の連中に手伝ってくれるよう頼んでくれ。それから徳三さん、急いで道喜先生とおたつさんに知らせてくれ！」

「任せてくれ」

徳三は、かっと目を見開いて飛んで行った。

甚三郎は本材木町の番屋の者たちの協力を得て、音羽町の医師宗円《そうえん》のもとに運ばれた。

宗円は千代田城の表御番医師で、信用のおける医者だ。

だがその宗円の腕をもってしても、

「残念ですが、長くはありますまい。気がつけば御の字ですが、このまま息を引き取るかもしれませんな」

難しい顔で岩五郎に告げたのだった。

一刻後にはおたつと道喜がやって来たが、甚三郎の容体が変わることはなかった。

眠り続ける甚三郎の顔を見詰めていたおたつは、

「少し話が……」

岩五郎に袖を引っ張られて、部屋の隅に移動した。

「まさかあんなところで甚三郎の旦那に出会うとは思わなかったのですが、甚三郎の旦那が探していた手の甲に火傷の跡がある、絹の仲買をしていたという商人が分かったんでさ」

岩五郎は言った。

「七兵衛という人じゃないのかね」

おたつは即座に答えた。

「ご存じだったんですか」

驚く岩五郎に、

「いえ、私が知っているのは、おちえという娘の父親が七兵衛で、その七兵衛さんの手の甲には火傷の跡があったということだけです。甚三郎さんとの繋がりは分かっていませんでした」

おたつは、おちえから聞いた話を岩五郎に話した。

「なるほど、すると、おちえさんも昔のことは何も知らないということですね」

岩五郎は言った。おたつは頷いて、

「ただ、お守り袋の鈴の謎は解けていません」

おたつの推測では、鈴は両親が誰であるのかを知る大切な品だった筈。だから七兵衛は、おちえに鈴を大切に持っているように言い聞かせていたに違いない。

岩五郎にそう話すと、

「おそらく鈴は、親子の関係を知る大切なものに違いありません。あっしが西京屋の番頭に聞いた話では、おちえちゃんは七兵衛さんの実の娘ではない、その事は分かっていやすからね」

岩五郎は西京屋の番頭宇之助から聞いた話をおたつに伝えた。

「そうかい、七兵衛さんはカミさんに、おちえちゃんは上方で貰ってきた養女だと話していたんだね」

おたつは頷き、

「これで話は繋がりました。渡部甚三郎さんの娘さんは、おちえさんです。それに、これは岩さんに会って話そうと思っていたのですが、甚三郎さんの無実はとっくに晴れていたんです」

「まことですか!」

岩五郎は驚いた。

「じゃあ、その事を知らずに甚三郎の旦那は逃げ回っていたということですか？」

「そのようです。気の毒な話です」

「許せねえな。甚三郎さんの一生は、いったいなんだった……上役の罪を被って逃げて逃げて、娘を探して……ひでえ話じゃねえか。そんな事があっていいのかよ」

岩五郎は、ちらと横たわったままの甚三郎を見やって涙ぐむ。

「とにかく、甚三郎さんには無実が証明されたことを知らせてやりたい、そう思っていたところだったんです。そして、親子の対面をさせてやりたいと……」

「ちくしょう、藪医者め。もう助からないなんて、よく言うよ」

岩五郎は、ちんと洟を擤《か》む。

「私は諦めてはいませんからね。きっと目覚めてくれます。私はそう信じます」

おたつが力強く言ったその時、奥から医者の宗円が出て来て言った。

「話があります。少し容体が落ち着いたら、こちらの患者は引き取っていただけませんか……申し訳ないが、このままここで最期を迎えさせてやることは出来ぬのです。私はあまりにも多忙で、十分な手当も出来かねるのです」

忙しさにかこつけて、やんわりと断りを入れて来た。しかもおたつと一緒にやって来た道喜が医者だと知ると、

「そちらの診療所に引き取って貰いたい。本人の為にも、最初に見立てた医者に診てもらう方が幸せというものです。いかがでござろう」

などと真顔で言う。

医は仁術とはほど遠いにべもない宗円の言い草だった。

怒りの目で岩五郎と顔を見合わせたおたつは言った。

「尾羽打ち枯らしたみすぼらしい浪人の手当はできない、そうおっしゃるのでございますね」

「おたつさん……」

道喜がおたつの袖を引く。

だがおたつは、そんな事でひるむような女じゃない。

「宗円さん、この人が仮にですよ、仮にさる藩の立派な武家で、藩を挙げて探している方だと知っても、そのようにおっしゃるのですね」

きっと宗円を睨んだ。

「な、何を言うのですか、私はただ、この病人に一番良い手立てを申しているだけです」

　宗円は慌てて言った。動揺しているのは誰の目にも明らかだった。

「物は言いようだ、表御番医師の偉い先生は、その心根も立派だろうと思っていましたが、ただの金儲けのために医術を施しているということが、ようく分かりました。先生、あんまり町人を馬鹿にしちゃあいけませんよ。町人だって千代田の偉い人と親しくつき合っている者もいるんですからね」

「あ、あんたは、私を脅す気ですか」

　宗円は青い顔で金切り声を上げた。

「おたつさん、私の診療所に連れて帰りますから」

　みかねた道喜が、二人の間に割って入った。

「ありがとう、流石《さすが》は道喜先生だ。大勢の患者さんがいるのに、すまないねえ」

　宗円に聞こえるようにおたつは言う。

「では、番屋に頼んで大八《だいはち》で運びましょう。できるだけ静かに運ばなければなりません。車夫も腕のいい者に頼まないと……」

道喜はそう言うと、外に出て行った。

「そうと決まったら……」

おたつは財布を出すと、口をへの字に曲げて睨んでいる宗円の前に、ぽんと一両小判を置いた。

「薬礼です」

「！……」

宗円は目を丸くして小判を手にしてじっと見詰める。

「先生、人を身なりで値踏みするのは止した方がいいんじゃないかね。患者に心を寄せられないような医者は、早晩頼りにはされなくなりますよ」

「くっ……」

一両小判を握っておたつを睨む宗円に、おたつはくるりと背を向けると、甚三郎を案じて待機している岩五郎、それに栄二郎と徳三の方を向いた。

「みんな、すまないが、もう一度手を貸しておくれ」

みんなの顔を見渡した。三人が頷くのを見て、

「まず岩五郎さん、岩五郎さんは播磨の塩田藩上屋敷に走ってもらいたい。そうし

て内藤静馬様を呼び出して、渡部甚三郎さんが見つかったと、そう伝えておくれでないかい」

「承知した」

岩五郎が出て行く。すると次には、

「じゃあ栄二郎さんは、おちえという娘さんを呼んで来てほしいのですが、すまないねえ、北町の旦那の御用もあるでしょうに」

遠慮気味に頼むと、

「心配はいりません。重病人を前にして、さっさと帰るなんて事ができますか。あとあと寝覚めが悪いや。乗りかかった船です、あっしに出来る事ならなんでもお手伝いいたしやす」

栄二郎はおちえの長屋を聞くと、すぐに出て行った。

背後では顔を歪めているに違いない宗円など、おたつは無視して、

「これでよし」

膝を起こすと徳三に言った。

「徳三さん、お前さんは私と一緒にね、道喜先生のところに甚三郎さんを運ぶのを

手伝っておくれよ」

十

渡部甚三郎は、その日のうちに道喜の診療所に運ばれたが、昏睡したままだった。

「この状態が続くと、おそらく長くは保《も》ちません」

道喜は案じ顔で、おたつや手助けしてくれた皆に伝えた。

おたつが暮らす長屋の者たちも順々にお見舞いに来て、

「気の毒だねえ……元気になってほしいものだよ」

皆ひとごとではない面持ちで帰って行く。

ただその中に、弥之助の姿は無かった。

「まだ引きこもっているのかねえ」

言うとはなしに呟いたおたつに、

「いろいろ話してみたんですが、ありゃ重症だ一朝には治りそうもありません」

道喜は苦笑する。

「まったく、困ったものだね」

　おたつはため息をつく。

　甚三郎と繋がりがあった者にはできるだけ見舞って貰って、甚三郎に力を与えてほしい、気力を回復する手助けをしてほしいと思っているのだ。

「この世には説明できない事が起こるものだからね。甚三郎さんは目は開けてはいないが、きっとみんなの気持ちは届いている筈だ」

　おたつは言い、再び目を開けてくれる事を祈り続けた。

　その願いの底には、せめておちえと親子の対面をさせてやりたい、また、塩田藩では甚三郎は無実だと判定した、その事も甚三郎の目を見て知らせてやりたいと思っているのだ。

「おたつさん、おちえさんが来ましたぜ」

　栄二郎がおたつに、おちえの来訪を告げたのは、まもなくの事だった。

「おちえです。遅くなりましてすみません」

　おちえは、怪訝な顔で入って来た。

　何故自分が道喜の診療所に呼ばれたのか何も知らないのだ。

おたつはすぐに、おちえを待合の部屋に誘った。

「おちえさんに、話しておきたい事があってね」

おたつが口火を切ると、

「すみません、お礼を申し上げなければと思っていました。おたつさんのお陰で日本橋の扇屋さんが私の作った袋を……」

「おちえさん、話はその事ではありません」

おたつは言葉を遮った。

「今日の話は、おちえさん自身の事です。おちえさんの実の父親が分かったのです。それを伝えてあげなくてはと、ここに来てもらったのですよ」

「実の父？……」

おちえは、目を大きく見開いたまま、次の言葉を失っていた。

「あのね、おちえさんが持っていた鈴、あれは遠く西国の、塩田藩内にある神社が、初詣りに来た赤子に渡していたものらしいですよ」

「西国塩田藩の神社？……」

聞き返したおちえに、おたつがはっきりと頷いてやると、おちえは慌てて懐からお守り袋を引っ張り出した。

お守り袋の口は、細い組紐に結びつけてあり、その組紐は首に掛けてぶら下げていたようだった。

おちえはお守り袋を無くさないように、首に紐で吊り下げていたのだった。

お守り袋には般若の顔を描いた鈴が取り付けられていて、おちえが首から外したり、掌《てのひら》に載せたりする度に、ちりんと、涼やかな音を立てる。

おちえはお守り袋を開けると、中から小さな紙を取りだしておたつに差し出した。

「何？……」

おたつは受け取ると、その紙を開いた。

「これは……！」

おたつは驚いた。

その紙には『千絵』と書いてあったのだ。

「おちえさん、この千絵という名が、おちえさんの本当の名前なんですよ」

おちえの顔を見た。

「おまえさんは西国塩田藩の渡部甚三郎さんの娘さんなのです。事情があって七兵衛さんに助けられて育てて貰った、でも間違いなく、おちえさんは渡部甚三郎さんの娘さんです」

「私が、お侍の娘……まさか」

おちえは流石に驚いた顔でおたつを見た。

おたつは頷き、

「今から話すことを、ようく聞いてくれますか」

念を押したのち、浪人甚三郎を助けてからの出来事全てをおちえに話した。

「……」

おちえは一言も発せずに呆然として聞いていた。

おたつの話が終わっても、おちえは畳を睨んで座っている。

「おちえさん、さぞびっくりしたでしょうね。でもね、あちらの部屋で生死を彷徨《さまよ》っている甚三郎さんの事を思うと、せめておちえさんに会わせてやりたい、そう思ったものですからね。余計なお世話だったかしらね」

「いいえ……」

おちえは顔を上げると、

「私、物心ついた時から、このお守り袋にある名前が気になっていました。漢字で千絵とあります。私の名は同じちえでもひらがなです。一度おとっつぁんに訊いてみたのですが、おとっつぁんは笑って、どちらもお前の名前じゃないか。ちえの方が固苦しくなくっていいじゃないか、などと言ったものですから、私もそれ以上聞けなくて……でもなんとなく、千絵という名には意味があるのかもしれないと思っていました。その謎が今解けました。ありがとうございました」

おちえは頭を下げた。

おたつは深く頷くと、

「会ってあげて下さい、お父上に……。これが最初で最後になるかもしれないのです。父上と、父上とひとこと呼んであげてほしいのです」

おちえを促し、膝を上げたその時、

「おたつさん、甚三郎の旦那が目を開けましたぜ！」

岩五郎が興奮した顔で告げに来た。

「甚三郎さん、良かったねえ」

おたつは、まだ朦朧《もうろう》としているかに見える甚三郎の耳もとに声を掛けた。

甚三郎は、ゆっくりと顔をおたつに向けた。

「おたつですよ、そしてほら、みんな甚三郎さんを心配して見守ってくれていたんですよ」

おたつは病室の中で見守っている皆を見渡し、甚三郎に教えてやった。

「……」

甚三郎の顔が歪んでいく。今にも泣き出しそうな表情だ。

おちえは、そんな父の姿を、おたつの側で身を固くして見詰めている。おちえの膝に置いた両手には、鈴の付いたお守り袋が握りしめられていた。

甚三郎は口を開けて何か言いたそうだが言葉にならない。

「いいんだよ、何も言わなくても……」

おたつは袂から手巾を取り出した。そうして甚三郎の額の汗を拭いてやると、

「安心して養生すれば元気になるんだから。ここは道喜先生の診療所だ。何も遠慮することはないんだからね」

「ああ……」

甚三郎が発した。安堵《あんど》と謝意がこもった声ならぬ声だった。

「分かっているよ、無理してしゃべらなくてもいいんだからね。そのうちに、しゃべれるようになるんだから……」

おたつはまるで、母親のように言葉を繰り返して甚三郎に話しかけながら、見守っている道喜の顔をちらと見た。

道喜は神妙な顔で頷いた。

おたつはそれを合図に、視線を甚三郎に戻すと、

「甚三郎さん、お前さんが気がついたら知らせてやろうと思っていたんだけどね、甚三郎さんの娘さん、千絵さんが見付かったんですよ……」

「ううっ……」

甚三郎の驚きのうめき声があがった。

おたつはおちえの腕をぐいと引き寄せた。そしておちえに、甚三郎の視線の先に顔を出すよう促した。

「！……」

甚三郎の目が驚きで見開いている。

おちえも、甚三郎と目が合って狼狽している。

無理もなかった。突然父親が見つかったと対面させられても、交わす言葉が見付かるものではない。

「おちえさん、さあ……」

おたつはおちえをまた促した。

するとおちえは、はっと気づいて、手にあったお守り袋を甚三郎の目の前に翳《かざ》した。

「私の、お守りです」

ちりん……鈴が鳴った。

おちえは更に、紙に書いてある、千絵、という名を見せた。

「あっ……ああ」

甚三郎は声をあげた。そして、おちえの顔に視線を移すと、

「あっ、あっ……」

甚三郎は手を伸ばし、双眸《そうぼう》から大粒の涙をこぼした。

武士だとか、男だとか、いい歳をしてとか、そんな事など気にも掛けず、甚三郎

は涙を流した。

そんな父親を見て、おちえも涙を流している。

言葉は交わさなくても万感の思いを涙と一緒にあふれさせているように思えた。

おたつは、おちえの膝を小さく叩いた。

するとおちえは、何かに気づいたように、

「おちえです。私の、父上……」

慣れない言葉をおちえは発した。そして甚三郎の手を握ると、はらはらと涙を流す。

おちえはやがて、涙を拭きとると、甚三郎に語りかけた。

「私は、商人七兵衛の娘として、ずっと幸せに暮らしてきました。おとっつぁんはもう亡くなりましたが、おっかさんと二人、私を実の娘のように育てて下さったのです」

おちえの言葉に、甚三郎の顔が和らいでいく。

「甚三郎さん、早く元気におなりよ。おちえさんが待っているんだからね」

おたつの言葉に、甚三郎は僅かに頷いた。

その時だった。

「甚三郎……」

静馬が入って来た。甚三郎の枕元に座ると、

「静馬だ、分かるな」

一度呼びかけてから、

「おぬしに良い知らせを持って来たのだ。おぬしに罪を着せた奴は亡くなったぞ。そして奴らの罪もあからさまになってな、荷担した者たち全員処罰を受けた。おぬしの罪は晴れたのだ」

「！……」

甚三郎は、目を大きく見開き、静馬の顔を穴の開きそうな険しい目で見た。

「嘘じゃない、本当だ。殿もおぬしの事を案じられてな、見付かり次第国元に帰って貰って、以前のように勘定方に勤めてもらいたい、そう仰せられているのだ」

「うう っ……」

甚三郎がうめいた。まさか、と問いただしているように聞こえた。

「昔の友も皆おぬしが帰って来るのを待っているのだぞ。木村も佐藤も矢崎もだ。

皆おぬしと一緒に以前のように酒を酌み交わしたいとな。そうだ、釣りに行こうじゃないか。おぬしには借りがあるからな。だから元気になってくれ」

励ましながら静馬は感極まっていく。

「ううっ、ううっ」

甚三郎は、うめき声を上げて泣いた。静馬の言うことを初めて理解したようだった。喜びを何とか表わそうと痩せた両手が宙をまさぐっている。やがてその目が、おちえの姿に釘づけになった。

静馬は頷いて言った。

「わかった、千絵さんの事だな。先ほどそこで聞いていた。安心しろ、千絵さんは俺に任せてくれ。俺がきっといい婿を探してやる」

静馬は甚三郎の、もう一方の手をしっかりと握ってやった。

甚三郎は一瞬ほっとしたような表情を見せた。だがまもなく、昏睡状態に入ってしまった。

「おとっつぁん！」

「甚三郎！」

おちえと静馬が呼びかけたが、甚三郎は二度と目を開けることはなかった。

甚三郎の死が道喜によって伝えられたのは、それから一刻ほどあとのことだった。

十一

渡部甚三郎の葬儀は、塩田藩の者たちによって厳かに行われた。

そして遺骨は、娘の千絵の手で国元に連れ帰り、先祖代々の菩提寺《ぼだいじ》に葬るのが良いのではないかと、静馬を通して伝えて来た。

むろんその根底には、千絵への手厚い処遇を藩は考えてのことだった。

おたつと岩五郎の立ち会いの下、藩の使いとしておちえの住まいを訪ねた静馬は、

「婿を迎えて渡部家再興をするようにとの殿のご意向がある。婿が決まるまではかつての渡部家の家禄の半分が支給されるという事だ」

無念の死を遂げた甚三郎を思いやってか、手厚い藩の知らせをおちえに言い渡した。

部屋の奥から、母のおとめが不安な顔で静馬を見ている。

「お気遣いありがとうございます」

おちえは手をついて静馬に礼を述べた。だがすぐに、

「父の遺骨を菩提寺におさめる事については、娘として有り難くお受けいたします。ただ、国元で暮らすのは、辞退申しあげたく存じます」

おちえは、きっぱりと断った。

「千絵さん、殿のご厚意を無にするというのか……それでは亡くなった甚三郎が哀しむぞ」

静馬は、意外な返事にがっかりしている。

「申し訳ございません。私を幼い頃から我が子同然に育ててくれた母をこの江戸に残して国に帰ることはできません。実の父親が誰だったのか、それが分かっただけでも、私は幸せだと思っています。この先は、この江戸で袋物を作り、おっかさんと二人で暮らしたいと思います」

おちえが言ったその時、

「お、おちえ……」

奥から母のおとめが、足を引きずりながら歩いて来ると、ぺたんと座っておちえ

に言った。

「おっかさんの事は心配いらないから、おちえは、静馬様のおっしゃる通りにおし、幸せにならなくちゃ、ねっ」

おちえの手を取った。

「おっかさん、何を言うの……私はおっかさんとずっと一緒よ」

おちえは母の手を握り返す。

「いいや、あたしはね、お前に謝らなくちゃならないんだ。亡くなったおとっつぁんは、お前を何故ここに連れてきたのか、あたしに話してくれたことがあったんだよ。おとっつぁんはこう言ったんだ。旅の途中でお侍同士の斬り合いに遭ったんだって、そしてみんな死んでしまったんだって……恐ろしくなってその場を離れようとしたら葦原の田舟の中で赤ん坊が泣いていたんだって、ああそうか、さっき斬り合いをしたお侍の子供なんだと分かって連れて帰ってきたんだと……でもね、あたしはその話を信用しなかったんだよ。あの人が、あんまりあんたを可愛がるもんだから、てっきり上方に女がいて、その女に産ませた子に違いないって思いこんでいてね、その事でたびたび喧嘩もして……」

おとめは寂しそうに笑った。

「おっかさん……」

「おまえのおとっつぁんは、七兵衛さんはね、亡くなる前にあたしに言ったんだよ。おちえの縁者がおちえを迎えに来たその時には、ちゃんとその人にゆだねてほしいとね、それがおちえの幸せだと……侍の娘なんだから、そうしなくちゃならないんだと……」

「いいのよ、おっかさん。そんな事はいいのよ」

「いい事ないよ、何言ってんだよ」

おとめは叱って、

「いいかい、それがあの人の遺言なんだから、あたしは分かりましたって約束したんだから、あの人の言うことを守っておかなくては、あの世に行った時に叱られてしまうじゃないか。あたしはね、おちえ、意地とか、やけっぱちで言ってんじゃないんだよ。心の底から言っている。だって、なんだかんだあの人が死ぬまで文句を言って暮らして来たけど、あたしはあの人を心底好いていたんだから……二人の間に子供は出来なかったけど、おちえがいたんだもの。おちえがいてくれて、子供を持つ親の幸せも味わわせてもらったんだよ。だからこの先のあたしの願いはただひとつ、おちえの幸せを願うだけ……」

「おっかさん……」

二人は、はじめて互いの心の中を聞いて泣いた。

おちえはやがて涙を拭くと、

「やはり私は、塩田藩には参りません」

きっぱりと言うのだった。

「静馬殿、ご覧の通りこの二人は助け合ってこれまで暮らして来たのです。おっかさんも一緒に塩田藩で暮らせるのですよね」

おたつが口を挟んだ。

静馬は頷いて言った。

「おたつさんのおっしゃる通りだ。母子が一緒に暮らすことに反対する者はいないと存ずる」

「いえ」

母親のおとめは静馬の方に膝を進め、きっぱりと言った。

「あたしはこの江戸で暮らしたいのです。この歳になって他国に行きたいとは思いません。亭主の墓だってこの江戸にあるんです。独りぼっちに出来ませんよ。あの人、人がいいばっかりに、最後の最後まで苦労して、身体を壊して、すまねえ、すまねえ、苦労をかけたなあってあたしに詫びて死んでいったんです。そんな亭主を放って余所にはいけませんよ。あたしのことなら大丈夫です。どうか、おちえを宜しくお願いいたします」

おとめは深々と頭を下げる。

「おっかさん、私もここで暮らします」

「いや、おちえ……おちえとは今日限り親子の縁を切ります。だからおちえは、ここから出て行っておくれ」

「おっかさん！」

哀しげに叫ぶおちえを無視して、おとめはおたつに、

「おたつさん、おちえを宜しくお願いいたします」

決意に満ちた目で手をついた。

「おとめさん……」

おたつは胸を熱くした。

義理の母とはいえ、親が子を思う気持ちに変わりは無い。

おとめは、ただ一筋におちえの幸せを願っているのだった。


「わお〜ん、わんわん！」

柴犬のトキが、今朝も吠える。毎度の役目に嫌気がさしたのか、今朝はその声も面倒くさそうに聞こえる。

おちえが父の渡部甚三郎の位牌を持って国元に向かったのは昨日のこと、おちえはその前日には、おたつや長屋の者たちに挨拶に来ている。

「父がお世話になりました。皆様には感謝しています」

おちえは、自分が作った袋を持参してきて、長屋のみんなに配って礼を述べるのだった。

「何時江戸に戻って来るんだい？」

鋳掛屋の女房おこんが訊く。

「国元の親戚の皆様に挨拶をして、法要をすませてからですから、一ヶ月では無理かもしれません」

「大丈夫だよ、おっかさんの事は長屋のみんなも気を付けてくれるだろうしさ、私たちだってほっときゃしないから」

「ありがとうございます」

おちえは明るい声で礼を述べた。

「でも、こちらに帰って来たら、おちえちゃん、なんて気安く呼べないかもしれないね。千絵様って呼ばなくっちゃ」

おこんは言う。

「止めて下さい、おちえでいいんです」

困った顔でおちえが言った。どっと笑いが起こった。

おちえは千絵の名前に戻り、江戸の上屋敷の女中としてお務めをすることになっている。

むろん、義母のおとめも一緒である。母子は上屋敷の長屋で暮らすことになっているのだ。

この先、婿殿が決まれば、また暮らしの形も変わるかもしれないが、足腰の弱ったおとめの事を考えて、塩田藩はさまざま善処してくれたのだった。

自分は江戸に残る、おちえは家を出て行ってくれなどと意地を張っていたおとめも、藩邸の長屋でおちえと一緒に暮らせると分かった途端、

「やっぱり、おちえとは離ればなれに暮らすのは嫌ですよ」

などと途端に嬉しそうにその話を受け入れたのだった。

おちえが千絵となって出発したのは昨日のこと、岩五郎と徳三が品川まで見送っている。

岩五郎の女房や長屋の者たちは、道中で食べる握り飯や餅菓子《もちがし》などを岩五郎に託したし、道喜も食あたりの薬や風邪薬などを持たせたのだった。

おたつと家主の庄兵衛は、餞別《せんべつ》として金を包んで渡している。

ところが、あの弥之助だけは家から一度もまだ出て来ていない。

甚三郎が亡くなった事や、おちえが甚三郎の娘だった事は、道喜が話してやったと言っていたから知らぬ筈がないのに、おちえが出発の挨拶に来た時にも、弥之助は顔を出さなかった。

「まったく、情けない男だよ」

おたつは独りごちたが、今更打つ手がある訳でもない。

「しばらく様子を見るしか仕方はないですね」

道喜に言われて、おたつもあれ以来弥之助の家に押しかけてはいないのだが、やはり気になる。

おたつが帳面を開いて、貸し付けた銭の勘定をそろばんで始めた時、

「おたつさん、烏金を頼むよ」

弥之助が入って来たのだ。

「弥之助さん！」

おたつは、弥之助の顔をまじまじと見る。

「よかった、痩せてはいるが血色はいいじゃないか」

「道喜先生が食欲が出る薬など運んでくれたんだ」

「へえ、そうだったの」

「あっしもそろそろ働かなくちゃあ、せっかく蓄えた金も底をついちまってさ」

弥之助は明るく言って頭を掻く。

「いいんだいいんだ、お前さんはまだ若いんだから、しっかり働いて銭を稼げばい

いんだよ」

「へい」

「そしたらまた、いい人が出来る。おちえさんはもう手が届く人じゃなくなったけど、この江戸には娘はごまんといるんだから、お前さんに惚れてくれる人はきっと現れます」

力づけるつもりで言ったのだが、

「ううう……」

弥之助は突然泣き出した。

「ううう、ひっく、ひっく！」

弥之助は子供のように泣く。

「可哀想に……」

同情して見守るおたつに、やがて涙を拭いた弥之助は言った。

「あっしは思ったんだ。おちえさんだって、きっとあっしの事を思っていてくれたに違いないんだ。だが、お侍の娘になっちまっただろ。もうあっしに心の内を打ち明けられない。あっしだってそうだ。これをなさぬ恋っていうんだろうけど、きっぱりとけじめをつけなきゃならねえんだって」

「ちょっと待った、二人の間だけどね、何時そんな話になっていたんだい？」

「おたつさん、あっしにはどうやら人の心を読む力が備わっているようなんです。だから分かるんです」

「そうかな、単なる妄想だろ」

おたつが容赦なく言ったものだから、

「ううう、ううう……」

弥之助はまた泣き出した。

「しっかり泣けばいいんだよ。そうして現実をみてね、愛おしいと思った人と心が通じない人なんて、いっぱいいるんだから……」

「そうでしょうか？」

「そうだよ、自分の思うように生きられる人なんていないんだから。みんなね、何かね、満たされないものがあるんだよ。でも頑張って生きているんだ。そうしたら、また良いことがあるんだから……」

「おたつさん……」

弥之助の顔から迷いの雲が引いていくのが分かった。

「さあさ、頑張っておいで。あっという間に日が暮れるよ」

ようしっというように、弥之助は腕捲りをして、おたつが出した銭を睨んでいたが、それをがっと摑むと、

「行って参りやす！」

外に飛び出して行った。

「やれやれ……」

おたつは微笑んで見送った。

桑の実

一

「こちらはいかがでしょうか」

おたつの前に手代《てだい》が出して来たのは、袋に『万能丸』と書かれた飲み薬だった。

「奈良のお寺が作っている丸薬です。肩こり神経痛に良く効きます。胃にも優しいですから、お歳を召した方でも安心して飲んでいただけます」

手代は袋から丸薬を取り出すと、おたつに見せた。

「歳のせいか疲れやすくてね、それで肩こりが酷いのかもしれません……」

おたつは丸薬を眺めていたが、

「滋養強壮の成分も入っている物はないのかしらね」

丸薬を持ったまま尋ねた。

「そうですね。では痛み止めはこちらを飲んでいただいて、元気が出る物は別の薬で補っていただくのがよろしいかと思います」

「高麗人参によく似た効果が得られる物がありますか」

おたつは、ないものねだりと分かりながらも訊かずにはいられない。このところ肩こり腰痛が酷いのだ。

先日おたつの暮らす長屋では、畳を上げての大掃除をしたのだが、その時に年甲斐もなく、おたつも皆と同じように重たい物を持ち上げたりしたその後遺症らしい。

「おたつさん、若い者にはまだまだ負けない元気があるね」

なんて長屋のみんなに褒めてもらったのはいいが、三日目には酷い痛みが来て、二日ほど膏薬《こうやく》を貼っていたけど効き目がない。

そこで、本石町《ほんごくちょう》にある『吉野屋《よしのや》』に薬を求めてやって来たのだった。

吉野家はおたつが花岡藩の奥女中をしていた時に世話になっていた生薬屋《きぐすりや》だった。五年前におたつは藩邸を辞しているから昔の話ではあるが、やはりこういう時にはなじみのある方が安心だ。

むろんおたつは、昔の風など吹かせない。今日初めてやって来たお客の顔で座っている。

「ちょっとお待ち下さい」

手代がおたつの話を聞いて奥の薬簞笥の部屋に向かって行った。

その時だった。

「どういう意味だい！……もう一度言ってみろよ！」

怒声に驚いて振り向くと、おたつが座っている少し向こうで、店の手代同士が今にもつかみ合いになりそうな気配で睨み合っている
「私を誰だと思っているんだ、えっ……私は先代の倅なんだよ。その私が言っていることが間違っている……もう一度言ってみろよ、私の何処が間違っていた？」

一方的に怒鳴っている若い男は、どうやら先代の倅らしい。

という事は、この吉野屋は、先代吉野屋から暖簾分けして貰って開いた店だから、怒っているのは元祖吉野屋の倅という訳か。

――それにしても横柄な……。

おたつが見ていると、奥から主が走り出て来て、

「初太郎《はったろう》、お前さん、その物言いはないだろう。仮にも勝之助《かつのすけ》はお前さんの先輩だ。もう少し静かに話し合ったらどうなんだ」

ここの主は久兵衛《きゅうべえ》というのだが、その久兵衛が初太郎という手代を叱った。

すると、初太郎は、

「やってられねえわ！」

前垂れを外すと、それを足下に投げつけた。

「もう少し冷静になりなさい！」

久兵衛が叱るが、初太郎という手代は平然と外に出て行ってしまったのだ。

唖然として見ているおたつの視線の先で、勝之助と呼ばれた手代が久兵衛に謝っている。

「申し訳ございません。調合で少し注意をしましたら、こんなことに……」

「困った奴だ……」

苦りきった顔の久兵衛に、おたつに薬の案内をしていた先ほどの手代が、

「旦那様、初太郎さんを探してきましょうか」

お伺いを立てる。

「いや、放っておきなさい。お前たちはもう仕事に掛かりなさい」

そう言ってから久兵衛はおたつに気づいて、

「お客様、恥ずかしいところをご覧に入れてしまいました。申し訳ございません」

丁寧に頭を下げた。だがその客がおたつだと気付いて、

「これは、多津様……」

仰天した顔で膝を寄せて来た。

「まさかこのようなところにおいでになるとは……。それならそうとおっしゃって下されば私が最初からお相手いたしましたものを……」

久しぶりに会ったという驚きと、店の中の醜態を見られてしまったという恥ずかしさで、久兵衛は顔を染めて言った。

「お久しぶりです。いえね、そんな大した物をいただきに参ったのではないのです。それに、私は今は多津ではなく、おたつと名乗って暮らす一介の裏長屋の町人です。上屋敷からお暇を頂いてから五年近くになりますので、もうすっかりおばあちゃんになりまして」

おたつが笑うと、

「とんでもございません。それを言うなら私も白髪頭になりました。多津様がお屋敷からいなくなってから、お屋敷の奥も新しいお年寄りが差配なさるようになって、どうもこの吉野屋は歓迎されていないようでございましたので、多津様が藩邸をお出になるとまもなく、私もそれを機にお屋敷には参っておりません……それにしてもお久しぶりでございます」

久兵衛は懐かしそうに満面の笑みを見せた。だがすぐに膝を打つと、

「そうだ、少しお時間をいただけませんか。美味しい宇治のお茶が手に入りましてね。それに女房にも会ってやって下さいませ」

久兵衛の目は、おたつに否とは言わせない、そんな強い色を湛えていた。


「おいしい……結構なおふくかげんでございます」

おたつは四半刻後、吉野屋の座敷で萩焼茶碗で抹茶を一服し、柔らかく甘みのある極上のお茶に顔をほころばせていた。

久兵衛の妻女おふさが台所でお茶を点《た》てて運んできたものだった。

「ちゃんとしたお茶室でお茶を差し上げられればよろしいですが、この店ではお茶室を作る余裕の土地がございません」

久兵衛は笑った。偉ぶらない、背伸びもしない、久兵衛は温厚な男である。

「いいえ、十分においしくいただきました。ありがとうございました」

おたつは、おふさに礼を述べた。

「おそれいります」

丁寧に応答するおふさも、繁盛するお店の内儀といった思い上がったところは見受けられない。

久兵衛よりは十歳は若いと見えるが、ふくよかで優しい顔立ちをしていた。

「おふささん、宇治のお茶だとお聞きしましたが、お茶名は？」

おたつが尋ねると、

「はい、茶名は『うばむかし』でございます」

おふさは、微笑んで言った。

「うばむかしですか。こんな美味しいお抹茶を頂くのは久しぶりです。まさか久兵衛さんのお内儀に点てていただくとは、思いもよりませんでした」

おたつは心底満足していた。

藩邸を出てからは、長屋でずっと金貸しの暮らしを続けている。お抹茶をいただくなどという機会は一度も無かった。

それに、烏金を商いとする婆さんがお抹茶など口にしていたら、長屋のみんなと打ち解ける事は出来ないだろうと自制してきた。

「しかし、多津さまがお屋敷をお出になったのは、何か訳があったのでしょうか」

久兵衛は神妙な顔で言った。

奥を取り締まっていた多津がお屋敷を辞したと話を聞いたのは、あまりに唐突な気がしていて、奥で何かあったのではないかと、ずっと久兵衛は案じていたのだと言った。

「心配していただいてすみません」

おたつは苦笑すると、

「実はどうしても探し出さなければならないお方がおりまして、それでお屋敷を辞しました。私自身が、この目で、町場に出て探さなければ、そのように思ったものですからね」

おたつの言葉に久兵衛は、

「さようでしたか、重職を捨ててまで探し出したいお方がいたとは……多津様、いえ、おたつさんでしたね。私に出来ることがあれば、なんでもおっしゃって下さい。お力になりたいと思います」

おたつに頷いてみせた。

「ありがとう。心強いことです。今日はたまたまこちらのお店を思い出して参りましたが、久兵衛さん、お店は繁盛している様子で嬉しく思いましたよ」

おたつはお茶を飲み干すと、改めて二人を見た。

昔おたつが久兵衛と知り合ったのは、まだ暖簾分けの店を開いて数年という時だった。

当時おたつは、奥の仕事が多忙を極め、ぎっくり腰になっていた。

痛みに顔を顰めるおたつに、女中の一人が、

「吉野屋さんという生薬屋さんの艾《もぐさ》がよく効くと聞いています。一度お試しになってはいかがでしょうか」

そう言って勧めてくれたのだ。

早速吉野屋に使いを出し、藩邸の奥の取り次ぎの間で会ったのが、吉野屋久兵衛だったのだ。

久兵衛は丁寧に艾の説明、灸《きゅう》の据え方などを、奥の女中に伝授してくれたのだ。

「これは伊吹もぐさと申しまして、近江の伊吹山で採取したものでございます。製造しているのは『鶴屋《つるや》』と申す老舗《しにせ》です。艾の中では一級品でございまして、ご覧

になっても分かりますように、手触りも柔らかく、火をつけますと芳香を発し、肌にも優しい、それでいて効き目は抜群でございます」

久兵衛のこと細かな説明に、当時奥を取り仕切っていた多津は、心を打たれたものだった。

早速その日のうちに、多津は腰に灸を据えて貰った。

久兵衛が持参した灸は、薫《かお》りも芳しく柔らかで、心がほぐれるばかりか、一度の灸ですっかり痛みも消えてしまったのだ。

それ以来多津は、吉野屋を贔屓《ひいき》にした。

吉野屋の薬はどれも品質が良く、奥で女中たちが使用する薬は全て吉野屋でまかなっていたのである。

今となっては懐かしい思い出だが、だからこそ、先ほどおたつが目にした奉公人同士の騒動は気になっていた。

おたつの心配を察してか、久兵衛は苦笑しながら言った。

「お陰様でお店は少しずつ大きくなりました。娘も一人おります。いずれ娘に店は任せるつもりでして、それまでに揺るぎのない店にしたいと考えているのですが、まだまだ至らないところがございます。先ほどの騒動もそうです。お恥ずかしいところをお目に掛けてしまいました」

「初太郎さんという奉公人のことですね。あの若者は先代の縁の人なんですね」

おたつは訊く。

「はい、そうです……」

久兵衛は頷き、

「先代吉野屋丹兵衛《にへえ》さんの息子さんです。三年前に丹兵衛さんのおかみさんがみえまして、倅を一人前の生薬屋の商人にしてほしいと……それで預かってみたのですが、あのようにたびたび他の奉公人と面倒を起こすものですから、私もどうしたら良いものかと頭を悩ましているところでございます」

困惑の顔だ。

「先代の倅ですか……先代の吉野屋さんのお店は、今どちらにあるのですか？」

おたつは訊いた。

「八年前につぶれております」

「つぶれた……」

久兵衛の言葉におたつは驚いた。

「はい、あれは私が暖簾を分けてもらってから五年が過ぎた頃でした」

先代吉野屋丹兵衛は、それまで下谷で商っていた店を畳み、生薬屋なら誰もが望む、大手生薬屋が集まる本町の一等地に店を移した。

以前の店の倍ほどの大きな店を構え、大店の仲間入りを果たそうとしたのである。

だが開店して半年が経った時、手代の一人がお客に間違って毒を含んだ生薬を売ってしまったのだ。

気づいた時には既に客は亡くなっていて、吉野屋は慰撫料や損料など多額の金を要求されたのだった。

相手が大店の酒屋の主だったことも、吉野屋には運が無かったと言えた。なにしろ要求された額はとてつもなく大きく、丹兵衛は言われるままに慰撫料や損料など支払ったのだ。

久兵衛も主家に見舞金として二百両を持参したが、そんな金額では焼け石に水、役に立つ訳がない。

命を奪った不手際で、非は全て吉野屋にあった。商人としての道義に厚かった吉野屋には、相手が要求してきた金額に不服を申し立てることなど論外だった。

吉野屋は本町に出店してまもなく、大打撃を受けたのだった。

せっかく本町に開いた店も、出店半年で資金繰りに苦慮するようになってしまった。

丹兵衛は店の窮状を乗り切るために、両替屋から多額の借金をした。

店がうまくまわっていれば、そのような借金も滞りなく返済できる筈だった。

だが、毒を売った店だという話が世間に流れると、お客の足はぴたりと止んで、それが致命傷になって店はあっという間につぶれてしまったのだ。

「店は人の手に渡りました。そして先代は行方知れずとなりました。私はもう生きてはいないのではないかと案じています」

久兵衛はそこまで打ち明けると、膝前のお茶を飲み干してから、

「おかみさんのおみねさんと倅の初太郎さんは、それ以来長屋で暮らしていたのです。私も盆暮れには挨拶に伺っていたのですが、三年前の正月におかみさんから倅を預かってほしいと申し出があったのです。私も先代にはお世話になっています。今こうして店を構えることが出来ているのも先代のお陰です。それを考えると、力

にならなくてはと思いまして、承諾したのですが、初太郎にはなかなか難しいところがございまして……」

「そうでしたか。しかしあの様子では他の奉公人たちも、やりにくくてしょうがないのではありませんか」

おたつは言った。

「おっしゃる通りです。どうしたら商いに身が入るのかと思っているのですが……」

途方にくれている顔の久兵衛である。

「久兵衛さん、私がこんな事を言うのは少し出過ぎたこととは思いますが、ああいう事が続くようなら、一度叩き出した方が良いのではありませんか」

「！……」

おたつの言葉が過激すぎて、久兵衛は困惑の顔だ。

「人を育てるという事は容易なことではありませんよ。ひとつ言える事は、褒めることは良いけれど、甘やかしは良くないという事です。甘やかした人間は成長しませんし、人を思いやれる人間にもなれません。まして人から信用されるような人間にはなれる筈がありません。日々の暮らしでもそうですが、商いにおいて一番大切なのは信用です」

「ありがとうございます、おたつさんに助言いただいて私も目が覚めました。実は近々決めなければいけない事がございまして、ええ、番頭のことです。これまでいた番頭が国に帰りまして、新しく番頭を決めなければならないと思っていたのです。ですがそうなると、初太郎がへそを曲げて厄介なことになるのではないかと決めかねていたんです。でも私は決心しました。おたつさんの助言のお陰でございます」

久兵衛は、おたつに礼を述べたのだった。

二

――それにしても……。

銭の勘定をしているおたつの手は、たびたび止まった。

吉野屋久兵衛には、人を使う時の当たり前の考えを言ったのだが、あの初太郎の態度を見ているだけに、この先どのような悶着が起きるか案じずにはいられなかった。

　おたつは大きくため息をつくと、茶器を引き寄せてお茶を淹れた。

　お茶を飲みながら、おたつの思考は、吉野屋の問題から吉次朗探しの心配に変わっていった。

　先月、ようやく吉次朗と萩野と思われる二人の消息を摑んだものの、その後の情報が何も入って来ていないのだ。

　自分が屋敷を辞したのは、ひとえに吉次朗探索にあることを考えると、焦らずにはいられない。

「こちらはおたつさんの家でござるか」

　その時、戸外からおたつの名を尋ねる男の声がした。

　おたつは土間におりて、障子越しに尋ねた。

「どなたですか？」

「九鬼でござる。九鬼十兵衛です」

　声の主は、はっきりと言った。

「九鬼！……お待ちを」

おたつは急いで心張り棒を外した。そして戸外に立っている侍を見た。

九鬼は黒っぽい小袖に裁っ付袴、黒漆《くろうるし》を掛けた笠を被っていた。

九鬼十兵衛とは、吉次朗と萩野が暮らす隠れ屋を、人の目に触れないように警護していた二人のうちの一人だ。

「お久しぶりでございます」

九鬼十兵衛は、するりと土間に入って来た。

おたつは、直ぐに心張り棒をしっかりと掛け、

「こちらへ……」

十兵衛を奥の部屋に入れた。

この部屋の戸を閉めれば、光も声も外には漏れない。

「まず多津様、先月のご報告、殿もご覧になったようです。加納《かのう》の御家老も、一刻も早く吉次朗様にお戻り頂きたい、そう仰せにございまして、本日は藩邸内の動きを報告に参りました」

十兵衛は言った。

先月の報告というのは、押上村の名主、岡島藤兵衛の屋敷に吉次朗らしき人物と

母親、母親というのはおそらく奥女中の萩野だと思われるが、その二人が長く逗留していたという話の事だ。だが怪しげな侍が藤兵衛宅にやって来たことで、翌朝二人は村を出て行ったという。

それら一部始終を、おたつは細かくしたためて、江戸家老加納作左衛門《さくざえもん》に報告していたのだ。

加納作左衛門は、おたつと意を同じくして、吉次朗を守るために根岸の里に百姓屋を借り、九鬼十兵衛などの警護をつけてくれた人だ。

「九鬼殿、話を聞きましょう。藩邸内の報告とは……何かあったのですね」

おたつは、日に焼けた十兵衛の顔を見た。

「実は殿がお体が弱いのはご存知でしょうが、近頃梅之助様のご体調もすぐれません。奥医師も殿より梅之助様の方が案じられるなどと申します。いざという時のために花岡藩の継承者を腹づもりしておかなくてはならないのですが、正室真希の方様一派は、梅之助様に万が一の事があった時には、他家から養子を貰ってはどうかと画策しているようでございまして」

「吉次朗様がいらっしゃるではありませんか」

おたつは、語気強く言った。

「その通りです。ですが向こうは、吉次朗様の行き方知れずをいい事に、いつまで待っても生死も分からないような人を当てには出来ない。万が一の折、行き方知れずでは上様にどのように報告するのだと……ここは御養子を考えておいた方が無難だと……」

十兵衛は怒りを込めた声で言う。憤懣やるかたない表情が、行灯《あんどん》の光の中に赤く染まって見える。

「殿はなんと仰せですか……」

おたつは、押し殺した声で言った。

「殿はあくまで吉次朗様を探し出してほしい。急いでほしいとのこと……」

おたつは頷く。

「この江戸に吉次朗様がいらっしゃるのは、多津様の報告で明らかです。探索の人数を増やしてでも、一刻も早くお探しせよとは御家老のお言葉、多津様もその事承知の上でいっそうの尽力を願いたいと……」

十兵衛はそう告げると腰を上げ、奥の部屋を出て土間に下りた。

だがふっと思い出して振り向くと、

「大事な報告を忘れていました。多津様は、かえでと申す奥女中がいたのをご存じですか」

十兵衛は神妙な顔で訊く。

「いいえ、覚えがありません」

「そうですか。するとあのお方は、多津様が外に出られてから奥に入られた方なのですな。そのかえでと申す奥女中に殿のお手がつきまして、どうやらご懐妊のきざしがあるとか……」

「！……」

おたつは驚いた。

あの殿が、あれほど吉次朗の母だった美佐の方を慈しんでいたのにと一瞬思ったが、それは遠い昔の話だ。別の女中にお手がついても仕方のない事だと思った。

おたつは黙って心張り棒を外し、十兵衛を外に出した。

トキが吠えはしないかとひやりとしたが、そこは賢い柴犬だ。事をわきまえているとみえ、軒下で身体を丸めて眠っている。

「では……」

十兵衛は頭を下げると、すぐに路地の闇の中に消えて行った。

「おや、おたつさん。いらっしゃい」

新大橋の袂で『どんぶりうなぎ飯』の店を開いている与七は、ひょっこりと現れたおたつの姿に驚いたようだった。

「ちょっとここで待たせて貰うよ」

おたつは長椅子に腰掛けて、早速煙草入れを取り出した。

ちりん、と煙草入れについている鈴が鳴る。

「おちえちゃんに貰ったんだね」

まな板の上でうなぎを捌《さば》きながら、与七が微笑む。

おちえというのは、ひと月前まで与七と同じ長屋で暮らしていた娘で、今は塩田藩の上屋敷でおっかさんと暮らす事になった人だ。

上屋敷に入る前に、おちえは世話になった人たちに、自分が作っていた袋物をお礼として渡していったが、おたつには江戸小紋の生地で作った煙草入れをくれたのだった。

「おたつさんのお陰で、おちえちゃんも幸せに暮らしているようだからさ。一度行ったんだよ藩邸に……」

与七はしゃべりながら手際よくうなぎを捌く。

「しかし与七さんの腕はいいねえ、見事だね、うなぎを捌くその手つき」

おたつは一服つきながら、与七の手元を見て感心する。

「なあに、江戸のうなぎは江戸っ子魂があるからさ、まな板の上にのせられたって、やい、やれるものならやってみろってなもんだよ。覚悟が出来てるから、じたばたしねえ。どうどうと背中をみせてくれるから背中の方から、さらさらするすると捌けるんだ」

与七は言う。

「へえ、じゃあ上方のうなぎはどうなんだい……」

おたつは笑って聞いた。

「知れたことだ。江戸は侍、むこうはお公家だ。だからうなぎまでへなりへなり、ぬるぬるしてさ、やめて頂戴、捌くのやめて、なんて抵抗するもんだから、うるせえ、黙ってろって、口を封じるために腹の方からずばりとやるんだ」

「嘘ばっかり……」

おたつは笑った。

その時だった。岩五郎が入って来た。

「遅くなりやした」

「いいえ、私も今来たところです。どう?……うなぎを先に食べますか、ここのうなぎは美味しいんだから、一度岩さんにご馳走しようって思っていたんですよ」

おたつは言った。

「いえ、うなぎは話の後にします。何か話があったんでござんしょ。実はあっしの方も話しておきたい事がありやして」

岩五郎は座ると、ちらと与七に視線を走らせてから、

「よろしんですか?」

小さな声で訊いた。

「ええ、大丈夫です」

おたつは頷いてみせると、

「まず吉次朗様の事ですが……お世継ぎ問題で藩内は二つに分かれて探りあいを続けているようです。一刻も早く吉次朗様を探さなければなりません。そこで岩さんにお願いしたいのですが、以前岩さんが十手を預かっている時に手伝ってくれていた若い人たちに手を貸してもらうことは出来ないのでしょうか。むろん、手間賃は十分にお渡しします」

岩五郎の顔をきっと見た。

その表情からは、これまでにない強い気持ちが窺える。

「分かりやした。あっしは三人の手下を使っておりました。いずれも身元は確かな者です。さっそく皆を集めて、吉次朗様の探索を始めます」

「ありがとう。長屋の連中にも、ここの与七さんにだって」

ちらと与七に視線を流してから、

「吉次朗って名を聞いたら教えて貰うように頼んでいるんだけど、なかなかね、やっぱり探す気になって歩いてみないと……」

「分かりました、やってみましょう」

「で、岩さんの話というのは？」

おたつは改めて岩五郎の顔を見た。

「へい、あっしはあれから何度か押上村まで出向いているんですがね。岡島家にはその後二人から何も連絡はないそうです」

岩五郎は残念無念だと言った。

「そう……で、二人を引き渡せと言って来た妙な侍は?……その後も岡島家を訪ねているのですか」

おたつは、それが一番気になっていた事だった。なにしろ最初に身を隠していた根岸の家では、九鬼十兵衛と一緒に警護に当たっていた友田与次郎という者が殺されている。

吉次朗を探している得体の知れない侍二人は、冷酷凶悪な者だと見ておかなければならない。

万が一、吉次朗が侍二人に見付かったら、命は危ないのではないかと、おたつは恐れているのだ。

「その侍二人ですが、あれから一度やって来たようです。それで藤兵衛さんがもういないと告げると帰って行ったようですがね」

岩五郎はそこまで告げると、ぐいと顔をおたつの方に寄せ、

「実は、藤兵衛さんの倅の鹿蔵さんが重大なことを掴んでくれていたんです」

岩五郎は言った。

「鹿蔵さんが？」

「へい、屋敷にやって来た二人組を尾行したそうです。すると、二人組は、花岡藩の下屋敷に入って行ったというんですよ」

「やはりね……」

おたつの胸には、静かに怒りが湧いてきている。

やはり吉次朗を狙っているのは、正室の真希の方一派に違いない……おたつは岩五郎の話を聞いて確信した。

岩五郎は話を継いだ。

「鹿蔵さんは、早くあっしたちに知らせなきゃと思っていたようです。ただ、こちらの住まいも連絡先も分からずに、鹿蔵さんは気をもんでいたようです。おたつさん、吉次朗さんを狙っている奴が同じ藩の者だなんて、あんまりな話じゃありませんか」

岩五郎は怒りを込めた声で言った。

まもなく与七が、焼いたうなぎを運んで来た。

「岩さんどうぞ、召し上がって英気をやしなって下さいな。あたしはここに、五日に一度はやって来て食べているんです」

おたつは笑って岩五郎にうなぎを勧めた。

「それじゃあ……」

岩五郎は箸を取って、

「本当だ、うまいな」

舌つづみを打って食べていたが、ふと手を止めて、

「そりゃあそうと、おたつさん、先日吉野屋さんに行ったんだって？」

突然思い出したように訊いた。

「あれ、岩さんも知っているのかい、吉野屋さんを……」

おたつは驚く。

「知っているも何も、先代の丹兵衛さんの店の、毒を販売した事件、あれにはあっしも調べに関わっていたんですから」

「へえ、それで吉野屋さんと懇意になったって訳なんですね」

おたつは、目を丸くした。

世間は広いようで狭いというが、まさか吉野屋を岩五郎も知っていたとは、夢だに思わなかったおたつである。

「あの事件以来あっしもね、どこか具合が悪い時には、吉野屋に行って薬を分けてもらっているんです。昨日も艾を欲しくて立ち寄ったんですが、手代の竹次郎《たけじろう》って男がいるのですが、その男の口からおたつさんの名が出たんですよ。竹次郎さんはおたつさんに生薬の説明をしたそうでね」

「ああ、そういえばあの手代さんは竹次郎さんて言ってたね」

おたつは思い出していた。

「おたつさんがいたその時に、初太郎って手代が騒動を起こした事も聞きやしてね」

おたつは頷いた。

そして、かつて吉野屋は花岡藩の奥に出入りしていた商人で、主の久兵衛とは良く知った仲なんだと岩五郎に話し、

「岩さん、それじゃあ、あの初太郎って若い奉公人の事も知っているんですね」

おたつは、傲慢な初太郎の態度を思い出していた。

「知っています。父親が行き方知れずになり、母親と二人長屋で暮らすようになったようなんですが、思いがけぬ不遇に遭って、どうやらひねくれ者に育ったようです」

「長屋は何処なんだろ」

「亀井町《かめいちょう》だったと思いますよ。引っ越してなければ亀井町の裏店《うらだな》です。木戸口にお地蔵さんが立っていまして、皆はあの長屋に入ればお地蔵さんに守って貰えるなんて噂を信じているようですが、初太郎には何の効力もなかったようです」

岩五郎は苦笑した。

三

おたつは長屋に入る木戸口に、岩五郎が言っていた地蔵が立っているのを確かめてから路地に入った。

「これはおたつさん、この間はありがとうございました。お陰様で娘の結婚を祝ってやることが出来ました。おたつさんのお陰です」

おちかという女は、おたつが長屋を訪ねると嬉しそうな顔で礼を述べた。

おちかには半月前に、二分の金を貸している。

娘のお春《はる》が嫁入りするので着物簞笥のひとつも買ってやりたいがお金が足りない、そう言っておたつのところにやって来たのだった。

「おちかさん、近くを通りかかったから寄せてもらったんです。娘のお春さんが腕の立つ大工と所帯を持つって言ってましたでしょ。お春さんの様子をお聞きしたくてね、楽しくやっているんでしょうね」

おたつは笑顔で尋ねた。

金貸しも、貸した甲斐があった事をまのあたりにするのは嬉しい。

ただこの日は、おちかの住むこの長屋に初太郎の母親が暮らしているのではないか……それを確かめるためにやって来たのだった。

通常おたつは、貸した金の返済が滞っている場合や、外に出られない女郎宿の女たちには集金してまわるが、おちかの場合は返済期限までまだ間があって取り立てにやって来た訳ではない。

「お陰様で、お春は幸せそうにやっています」

おちかはにこにこして言った。娘お春の結婚は余程嬉しいのか、

「どうぞ、喉を潤して帰って下さいませ」

上がり框に腰を掛けたおたつに、いそいそとお茶を出してくれた。

「母一人、娘一人、二人で協力して暮らしてきたのに、嫁にやってしまえばひとりぼっち、寂しくなりますね」

おたつは、出してくれた茶碗を手にして、おちかの住まう部屋を見渡した。

部屋の中には何一つ贅沢な物はなかった。

枕屏風の側に畳んである一組の使い古した布団、壁際に置いてある赤茶けた着物行李、その上にぽんとのせてある手鏡、後は台所にある鍋釜と茶碗一つ、湯飲み一つ、皿が三枚見えるだけだ。

そんな貧しい暮らしをしてきたおちかは言う。

「いいえ、あたしはほっとしていますよ。お春には幸せになってほしい、それだけが私の願いでしたから。お春が幸せになれば自分のことは……これからはお春に迷

惑をかける事のないように、しっかり働いて、自分の始末は自分でしなくちゃって思っているんですよ」

「そういうものですかね……」

おたつは苦笑した。

「はい、そういうものでございます。どこの母親だって同じだと思いますよ。子供が幸せなら母親は自分が幸せになったような気分になるんですからね」

おちかは言って、自分もお茶を美味しそうに飲んだ。湯飲みを持つ痩せて節くれ立った黒い手が、これまでのおちかの苦労を物語っている。

おたつよりも十以上若いと思うが、もう白髪は目立つし、顔の皺も化粧ではごまかせないほどだ。

だがその顔には、親として満たされた思いがあふれている。

——美しい人だな……。

美しく生きてきた人だなと、おたつは思った。心の輝きが表情に表れていた。

若い頃とは違って、年齢を重ねた人の美しさは顔の造作ではなく、表情ににじみ出てくる内面にある。

「でも……」

突然おちかは顔を曇らせると、

「子供にあんまり大きな期待を寄せると、大変だなと思うこともありますね。うちの二軒隣のおみねさんところは、息子さんへの期待が大きいだけに、大変みたい」

しみじみと言った。

「おみねさん？……」

おたつは聞き返した。その名は初太郎の母の名として確かに耳にしている。間違いない、初太郎親子は、この長屋に住んでいるのだとおたつは思った。

「ええ、おみねさんところの息子さんとうちのお春は、子供の頃は仲良しで、良く遊んでいたんですよ。だから良く母親同士いろいろと世間話や悩み事を話していたんだけど、近頃ではさっぱり……おみねさんは変わってしまいましたからね」

「何かあったんですかね」

おたつは水を向ける。

「おみねさんて人は、昔は生薬屋のおかみさんで沢山の奉公人もいて結構な暮らしをしていたらしいんですよ。それが何か不都合なことがあったらしくてお店は人の手に渡り、以来この長屋で暮らしているっていうんです。そんな事情があるものですから、どうしても、息子さんを一人前の商人にするんだって、息子さんが奉公に行くようになると、昼も夜も目が開いている間は働くようになりましてね」

「その息子さんていうのは初太郎って人のことじゃないのかね」

おたつは言った。

「あら、初太郎さんをご存じなんですか」

おちかは驚き、

「やっぱりおたつさんは商売柄、なんでも良くご存じなんですね」

「いえいえ、そうではなくて、私は吉野屋さんでお薬を買っていますからね」

おたつは笑った。まさか本当は初太郎と母のことを調べに来たなどと言える筈もない。

「あらそうだったんですね。先ほどもお話ししましたが、おみねさんのご亭主は生薬屋さんだったんだから、息子さんもきっと父親に負けない立派な商人になれる筈だって、おみねさんはそれで初太郎さんが店を開く時のためにお金を貯めているらしいんですよ」
おちかは感心しきりの顔だ。
「へえ、しかしお店を持つためのお金といったって、はした金ではおっつかない筈
……いったいおみねさんて人は、どんな仕事をしているんですか」
おたつは興味津々の顔で訊く。
こうなると女の井戸端会議だ。誰でも女なら経験する事だが、つい何でも話して
しまうことになる。
「あの人、昼間は下駄の鼻緒を作っているんですよ。昼間だと行灯の油は必要あり
ませんでしょ。だから夜は、近くの小料理屋で仲居をしているって聞いてますよ」
おちかは言った。
「しかし、あの初太郎さんて人は、吉野屋さんでの奉公はまだ三年あまりと聞いて
います。ところが歳は二十四、五歳。吉野屋に奉公するまで何をしていたんですか
ね」
おたつはさりげなく疑問を洩《も》らしてみた。
通常お店に奉公する場合は、十二、三歳から始める。そうして七年ほど勤めて手

代になり、さらに奉公をして、主のお眼鏡にかなった者が番頭となる。

　初太郎の場合は、吉野屋に入ったのが随分歳を取ってからということになるのだ。

「こんな事を私が言っちゃあいけないんだけど、初太郎さんはなかなかやんちゃで、十三歳の時、本町の生薬屋さんに奉公していた筈なんだけど、二、三年経った時だったかな、お店を辞めて帰ってきましてね。もう一度、どこだったか奉公に行ったと思いますけど、そこも辞めてしまいまして、それから吉野屋さんに行くまで遊び人とつるんではらはらさせられる時期もありました。でも、おみねさんの説得もあって、ようやく吉野屋さんに行く決心をしたと言っていましたからね。今度だけは大丈夫、今の吉野屋の主は暖簾分けした人だからって、おみねさんは言うんだけど……」

　人ごとながら、おちかは初太郎親子を案じているようだ。

　おたつはまもなく、おちかの家を出た。

　二軒隣の家の前を通る時、おたつは家の中に目を遣った。

　初太郎の母親おみねらしき人が土間に続く板の間に座り、外から入ってくる陽の光を頼りに下駄の鼻緒を作っているのが見えた。

白髪が目立つ髪が頰に落ちているのを繕いもしないで、手元に一心を集中させている。その姿が無心に内職をしているというより、なにか悲壮なものを漂わせているように、おたつには見えた。

――この母の思いと、あの倅の言動……。

果たしてその心は同じ物なのか……向いている方向は一緒なのか……母子の間には深い溝があるようにおたつには思えた。

丁度その頃吉野屋では、奉公人を前にして、主の久兵衛が重大な発表をしていた。

「長い間空席だった番頭を置くことにしました。皆新しい番頭さんの言うことを良く聞いて、お店を盛り上げてもらいたい」

久兵衛は皆の顔を見渡した。

奉公人の間にざわめきが起こった。

手代の中でも年長の勝之助、それに続く竹次郎、そしてあの初太郎など、手代たちは皆唾をごくりと飲み込んで主の藤兵衛に釘付けだ。

丁稚《でっち》や若い衆、それに下女などは所詮人ごと、誰が番頭になるのか高みの見物といったところか。

「二代目番頭は、勝之助に頼みたい」

久兵衛の声が店内に響いた。

久兵衛の声と同時に、いっせいに奉公人の視線が勝之助に注がれた。

「旦那さま……」

勝之助は感極まって手をついた。

「お前さんは、この店に入ってもう十三年だ。皆もお前さんを頼りにしている。頼みましたよ」

久兵衛はそう告げると、

「今日の話はこれまでだ。皆勝之助に続く商人になるよう、頑張っておくれ」

笑みを湛えて皆の顔を見渡してから奥に向かった。

久兵衛が、自分を睨んでいた初太郎に気づいていない訳はない。だが久兵衛は、そしらぬ顔で奥に引き上げたのだった。

だが、薬草の部屋に入るとすぐに、

「旦那様」

後ろから追っかけて来た者がいる。初太郎だった。

その顔は怒りに燃えている。

「なんだね」

久兵衛は平静に迎えた。

「何故、勝之助が番頭なんですかね」

突っ立ったまま、まるで目下の者に言っているような口調だ。

「初太郎、お前さん、ここの主は私だ。お前さんは奉公人だ。それもわきまえずに、その態度はなんだね」

久兵衛は、厳しい顔で言った。

「ふん、良くそんな口がきけるもんだね、久兵衛さん。あんたはうちの親父の下で働いていた人じゃなかったのかね」

初太郎は鼻で笑った。

「そうです。ですが今は吉野屋の主、お前さんの主人です」

「人には恩っていうものがあるだろう。その恩を返す気がないのかね。勝之助なんて田舎者を番頭にするより、私の方が相応しいんだ」

「いいや、お前さんは何も生薬について知ってはいない。勝之助は近江の田舎からやって来た人だが、父親と近江の山に入って薬草を採っていた人だ。知識もある。お前さんなど足下にも及ばないよ」

「くっ、よくもよくも！」

初太郎は拳《こぶし》を作って震えだした。

「初太郎、悪いことは言わない。もう一度気持ちを切り替えてやりなおしなさい。そういう事なら、私は応援するよ」

「もういい！」

初太郎は金切り声で叫ぶと、

「俺は、今日限り辞めてやる！」

くるりと背を向け、大きな足音を立てて出て行った。

「ふう……」

久兵衛の顔に苦渋の色が広がっていく。

「お前さん……」

案じ顔のおふさが出て来た。

「大丈夫でしょうか……言い過ぎたんじゃありませんか」

「いいや、これで良い。今まで私は初太郎に強い事を言えなかった。これじゃあ駄目だと思いながらやり過ごして来たのです。それが悪かった、あの男は先代の倅というのを鼻にかけて、生薬の勉強もせずに態度だけがでかくなって、奉公人は皆困っていたのです。それを、先日おたつさんにお会いして助言をいただいた事で、私もようやく決心をしたのです。初太郎がまともな青年なら、私たちには女の子が一人っきりなんだから、後々は養子婿にしてと考えない訳ではなかったが、あれではとてもとても……店のためにも、なんといっても初太郎のためにも、きっぱりと言ってやらなければいけなかったんです。ですから、これで良い」

久兵衛は、きっぱりと言った。その顔に迷いはなかった。

「でも、おそかれはやかれおみねさんも知ることになりますでしょう……おみねさんに何と説明すれば良いのでしょうか……」

おふさはため息をついて座った。

「ちゃんと説明すれば、おみねさんは分かってくれます」

久兵衛の答えは力強かった。

その時だった。店の方から竹次郎が小走りしてやって来て、

「旦那さま、初太郎さんが出て行きました。良いのですか」

おろおろした顔で膝をついた。

「放っておきなさい」

久兵衛は言った。

「でも旦那さま、初太郎はこれまでも、旦那様の目を盗んで悪所《あくしょ》に足を踏み入れています。私も誘いを受けたことがありまして、もちろん私は断りましたが、このお店を出て行けば、初太郎はますます悪所に通うのではないかと……」

「ふむ、どこの悪所だね」

知れば聞き流しにはできない久兵衛だ。

「はい、富沢町にある博打場《ばくちば》だと思います。以前にそのように言っていましたから……」

久兵衛はしばらく考えたのち、

「竹次郎、すまないが、お前さんに頼みたいことがある」

久兵衛は竹次郎を手招いた。

四

「親父、酒だ、冷やでいいんだ。枡《ます》で持ってこい、一升枡だ、けちけちするんじゃねえぞ！」

初太郎は大声を上げて手を振っている。

すぐに板場から親父が前垂れで手を拭きながら出て来た。初太郎の父親ぐらいの親父だ。

「お客さん、もう止した方がいい。身体に毒だぜ」

「なんだって……」

初太郎は、酔った目をぐいと上げて親父を睨むと、

「親父、客に説教するのか？」

よだれを出しそうな、しまりのない口で言う。

「そういう訳じゃあござんせんがね、お客さんは昨日も、その前も、またその前も、前後不覚になる程飲んでいる。いくら若いといっても身体によくねえ」

「うるせえ、酒代は払っているだろ、きちっと……毎日、滞ることなく、一文の借りもねえ筈だ。この店にとっちゃあ、ありがてえ客じゃねえか、それをなんだと……もう酒を飲むのは止めろ……ふざけんな、この野郎！」

初太郎は、膳の上の載っていた皿を腕を振り子のように横に振って払いのけた。土間に皿が飛び散った。同時に皿の割れる音が店内に響く。

「なんだなんだ……」

他の客が、いっせいに初太郎の方を見た。

「こらっ、見世物じゃねえんだ、あっち向いてろ！」

初太郎は、あっちに当たり、こっちに当たり、親父も困った顔で、

「家の者が心配してるんじゃねえのか、もう帰りな。若い時に無茶をするのは、おめえさんだけじゃねえけどな。後から考えたら、なんて馬鹿なことをしちまったんだって思うもんだぜ」

初太郎の顔を親父は、じっと見る。

だが、初太郎は聞く耳などありはしない。

「やい、爺さん」

親父の胸ぐらを摑むと、

「爺さんに俺の気持ちが分かってたまるか！」

親父を突き放した。

お客の間から、

「あぶねえ！」

声が上がったが、土間に落ちたのは初太郎だった。

親父は初太郎の腕をぐいと摑んで引き上げると、

「年寄りだと思って馬鹿にしちゃあいけねえぜ。この年寄りも昔取った杵柄《きねづか》ってぇものがあるんだ。いいか、おめえさんの気持ちは確かに分からねえ。だがな、おめえさんにもおふくろさんはいるだろう。若いおめえさんがこんな調子じゃあ、おふくろさんは心配で飯も喉を通らないんじゃないのかね」

「ふん、おふくろなんて、めんどくさいばっかりだ。それに、心配なんてしてるもんか。爺さんは俺のおふくろを知らねえから、そんなことを言うけどな、俺のおふくろは、鬼だ！」

その時だった。

先ほどから店の隅っこで、酒を舐めるようにして時間を過ごしていた男が立ち上がって初太郎の方に歩み寄った。

「初太郎さん、それぐらいにしたらどうなんだ。みんなに迷惑だろう……」

吉野屋の手代、竹次郎だった。主の久兵衛にしばらく初太郎の様子をみていてくれと頼まれて、ここ十日近く、気づかれぬよう見守っていたのだ。

「へえ、お前、竹次郎じゃないか……どうしたんだよ、こんなところで」

初太郎は冷笑を浮かべると、

「そうか、お前、俺を見張っていたんだな」

今度はひゃっひゃっと、やけっぱちな笑い声をあげた。

竹次郎は負けじと初太郎に言う。

「旦那様もおかみさんも心配しているというのに、なんてざまなんだ」

「いいからよ、これから一緒に遊びに行かねえか……おもしれえところがあるんだぜ」

初太郎は言葉も遊び人風だ。竹次郎の肩に手を掛けた表情も、まるでいっぱしの兄貴面。

だが竹次郎は初太郎の手を、力をこめてぐいと外すと、

「送っていきますよ。親父さんにお金を払って下さい。初太郎さん一人のために、みな迷惑していますよ」

勇気を出して言う。

「ちぇ、偉そうに……」

「まさかお金を持ってないってことはないでしょうね」

「冗談じゃねえ、金ならあるぜ、ちきしょう、みせてやろうか」

初太郎は胸元に手を入れた。身体を揺らしながらまさぐるが、

「おやっ……」

次第に焦り出す。

「おかしいな、確かにここに巾着が……」

そう言いながら更にまさぐるが、

「ない……財布がねえ」

そして、あっとなって、

「お前か、お前が盗ったんじゃないのか」

竹次郎を睨んだ。

「何を馬鹿なことを言っているんですか。今日両国でぶつかった人がいましたが、あれは巾着切りだったんじゃないですか」

竹次郎は冷静に言う。

「そうか、お前は、ずっと俺を見張っていたのか……」

初太郎は言い、腰掛けにどさりと座ると、

「焼くなり煮るなり好きにしてくれ。逃げも隠れもしねえぞ」

首をうなだれた。

だがすぐに船をこぎ始める。

「すみません親父さん、この人はおつむがまともじゃないんです。この人の酒代は私が支払います」

竹次郎は自分の巾着から銭をつかみ出すと親父の掌に落とし、

「駕籠を呼んで来ます」

表に走り出た。

数日後、おたつは吉野屋の暖簾をくぐった。

「これは……いらっしゃいませ、おたつさんでございましたね」

応対に出て来たのは、新しく番頭になった勝之助だった。

手代の時とは違って共布で揃えた長着と羽織姿、物腰もすっかり番頭で、

「新しい番頭さんだね」

おたつが微笑むと、

「はい、宜しくお願いいたします」

勝之助は腰を曲げた。

「今日はお薬をいただきに来たのではないんです。久兵衛さんを呼んでいただきたいのです」

おたつは、上がり框に腰を据えた。

「申し訳ございません。本日は旦那様もおかみさんも出かけておりまして……」

番頭は申し訳なさそうに言った。

「そうですか、お出かけですか。じゃあ出直して参ります。おたつが来たとお伝え下さい」

おたつは立ち上がったが、ふと気づいたように、

「それはそうと、初太郎って手代さんは、どうしていますか？」

辺りを見渡した。

「あの人は店を辞めました」

勝之助は言い、困った顔で目を落とした。

「そう、辞めたのですか」

「はい、私が番頭になった事が気に障ったらしくて……」

おたつは頷くと、

「久兵衛さんも大変だ……」

腰を上げた。するとその時だった。

「お待ち下さい」

奥から手代の竹次郎が出て来た。

「お伝えしたいことがあります。初太郎さんの事でいらしたのですよね」

腰を落として竹次郎は言った。

「ええ、久兵衛さんが初太郎さんのことでは悩んでいましたからね、ちょっと心配

だったんだけど、お店を辞めたそうですね」

「はい」

竹次郎は頷いて、おたつに店に上がるよう頭を下げ、他のお客に話が聞こえないよう帳場の裏の小部屋に誘った。

そこには台がいくつも置かれて、その上には帳面が何冊も積まれていた。

「一服つけてもいいのかね」

おたつが煙草袋を取り出すと、竹次郎はすかさずたばこ盆をおたつの前に進めてくれた。

「ありがとう」

おたつは、一服つけながら竹次郎の話に耳を傾けた。

「旦那様は先日皆を集めて、番頭を勝之助さんに決めたと発表しました。すると初太郎さんはすぐに旦那様に食ってかかったんです。久兵衛さん、あんたは親父の下で番頭をしていたのじゃなかったかと……」

おたつは苦い顔で頷く。その時の初太郎の姿は想像できる。

「旦那様は初太郎を叱りました。すると初太郎は、こんな店は辞めてやる、そう言って出て行きました……旦那様はしばらく考えて、やはり心配だったのだろうと思います。私にしばらく見張るようおっしゃったのです……」

竹次郎は初太郎が店を飛び出してから十日近く、初太郎に気づかれぬよう見守っていたことをおたつに告げた。

それによれば、初太郎は昼頃まで寝ているようだ。そして八ツ過ぎには長屋を出、千鳥橋の袂にある居酒屋で飲み始める。

日暮れを待って富沢町の賭場に出かけるのが、その暮らしは毎日変わること無く続いている。

ただ、三日前に居酒屋で大酔いしてひともんちゃくがあり、竹次郎は見かねて止めに入ったものだから、見張っていた事がバレてしまって、その後は初太郎がどんな日々を過ごしているのか分からなくなったと言う。

「そう……もう自分が見えなくなっているんだね」

初太郎の話は、聞けば聞くほど脱力感に襲われる。

「初太郎は生薬屋になんかなりたくないのではないでしょうか。あの日、酔っ払った初太郎を亀井町の長屋まで連れて帰ったのですが、出迎えた母親と喧嘩になりまして……」

「鼻緒を作っている母親だね」

おたつは、亀井町に出向いた時に見た、髪振り乱して内職に精を出す母親の話をした。

「そうです、おふくろさんはそういう人です。私も以前一度寄せてもらった事がありますので……」

竹次郎は言った。

そして先日初太郎を送って行った時の母子の様子を、おたつに話した。

それによると、酔っ払った初太郎を駕籠に乗せ、長屋に送り届けた竹次郎が戸を叩くと、中から母親のおみねが出て来たのだが、その顔には疲労が張り付いていた。

「また飲んだんだね」

おみねは険しい顔で初太郎に言い、

「すみませんね、竹次郎さん」

竹次郎には詫びを入れて、よろめく初太郎に手を貸そうとしたのだが、

「いい」

初太郎は邪険に母の手を払って土間に入った。

だが、敷居に足がひっかかったのか、前のめりになり、たたらを踏んで上がり框にどさりと倒れ込んだ。

「ふふふふ、ははは……」

初太郎は泣くように笑うと、

「おっかさん、ほっといてくれよ。言っとくけど俺は、おとっつぁんではない、初太郎なんだ。おっかさんの気に入るような人間にはなれんから、俺のことはもう諦めてくれ」

大声をあげたのだ。

おみねは大きくため息をつくと、

「竹次郎さんの前で恥ずかしい話だけど、私はね、お前にまっとうな暮らしを掴んでほしいから言っているのだよ。ちゃんとした商人になるまでは辛抱だって」

すると初太郎がくってかかった。

「俺は、辛抱なんてまっぴらご免だね。生薬屋なんて俺には向いてないんだ。おとっつぁんだってそうじゃないか。店を手放してやけっぱちになったのは分かるけど、なんで俺たちを置き去りにして行き方知れずになったんだよ。無責任じゃないか。逃げたんじゃないか。なにもかから逃げたんだよ。俺は親父なんて、これっぽっちも尊敬してないんだから……そんな父親を見習えって……おっかさん、妙な夢を見るのをやめてくれ。俺は俺だ！」

初太郎は、家の中に這い上がると、背中をおみねたちの方に向けてごろりと横になってしまった。

「ふう……」

おみねは、落胆のため息をついて上がり框に座った。

「大丈夫ですか……」

竹次郎がおみねの顔を覗く。するとその時、がばっと起きて竹次郎に向いた初太郎が、

「竹次郎、俺を見張るのを止めろよ。今度俺の目に入ったら、許さねえ、ただじゃおかねえ！」

やけっぱちに叫ぶと、またごろりと横になった。

「申し訳ありません。もうあの子は駄目です。ですから放っておいて下さい。久兵

衛さんにもそのようにお伝え下さい」

おみねは竹次郎に、消えいるような声でそう言ったのだ。

「おたつさん、私はそれで帰ってきたんですが、旦那様と相談して、もうそっとしておく事になりました」

おたつは大きく頷くと、

「久兵衛さんの親心も、初太郎にとっては重荷になっているのかもしれないね」

太いため息をついた。

五

おみねは外から帰って来ると、懐から巾着を取り出した。

板の間に手ぬぐいを敷くと、その上に巾着の中身を全て出した。今日納入した下駄の鼻緒の代金を貰って来たのだ。

「ひい、ふう、みい、よう……」

銭を数える。文銭と一朱金、そして二分金ひとつが見える。

全て勘定すると、手ぬぐいに包み込み、抱くようにして台所に歩み寄った。

そしてそこにしゃがむと、手ぬぐいの包みは脇に置き、小さな窓から差し込む光の中で、力を入れて床板を剥がした。

ふうっと息をつくと、頭が床に隠れるほどに手を床下に伸ばし、油紙に包んだ物を取り出した。

ほんの一瞬、おみねの目に光がさす。そして油紙を丁寧に剥がしていく。

包んでいたものが姿を見せた。味噌の壺だった。

この壺には、おみねが長年貯めてきた金が入っている。

倅初太郎の不行跡でお先はまっ暗だが、おみねはまだ諦めた訳ではない。そのうちに心を入れ替えて立ち直ってくれるに違いない、そう思っているのだ。

おみねの今を支えているのは、何の保証もないかすかな希望だった。

おみねは蓋を開けて手を突っ込んだ。

――？……。

壺の中で手をまさぐったが、顔色が変わった。

おみねは壺を逆さにした。音を立てて落ちたのは文銭ばかり。

「ない…ない……」
おみねは頭を抱えて発狂しそうになった。
壺の中の金を取り出したのは、初太郎に違いなかった。
おみねはそこに呆然として座り込んだ。
しばらくじっと座っていたが、おみねはよろよろと立ち上がった。
——もうおしまいだ……。
おしまいだ、おしまいだと、おみねは心の中で何度も呟く。
壺の中には五十両近くの大金があったのだ。
毎日毎夜、倅の初太郎のためにと働いて貯めた金だったのだ。
——あんな倅になったのは、やはり自分に母親としていけないところがあったのだ。
そうだ、そうに違いない。自業自得なのだと、おみねは思った。
おみねは立ち上がると、古い着物行李の前に座った。
行李の中から一本のしごきを取り出した。
そのしごきを鴨居《かもい》にかけると、

「お前さん、私には荷が重すぎたようです。あの子を立ち直らせるのは私には無理です」

おみねは祈りを捧げると、しごきに手を伸ばした。

その時だった。

「おばさん！」

飛び込んで来た若い女が、おみねの身体を突き飛ばした。

「あっ」

床に横倒しになったおみねに、

「おばさん、何するの。そんな事をしたら、初太郎さんが悲しみます」

若い女は、おみねを叱ると、

「おっかさん、おっかさん！」

外に向かって大声を上げた。

若い女は二軒隣に住むおちかの娘でお春である。

するとすぐに、おちかが飛んで来た。

「いったい、どうしたんだい？」

おちかは、倒れているおみねと、鴨居に掛けられたしごきを見て、あっとなって、

「おみねさん、なんて事を……」

駆け寄ってきて、おみねを抱き止めた。

おみねは、わっと泣き崩れた。

「あたし、おばさんにお祝いを頂いたお礼を言おうとおもって覗いたら……」

お春が声を震わせた。

「笑っておくれよ。なさけない話だよ。初太郎は、初太郎は、爪に火をともすようにして貯めたお金を持ち出してしまったんだよ」

おみねは、台所の方に這っていくと、空の壺を振って見せた。

「!……」

おちかも娘のお春も顔を見合わせるが言葉も無い。

「おちかさん、あんたはお春ちゃんを、こんなに良い娘さんに育てたけど、あたしはご覧の通りです。母親として失格です」

自暴自棄の顔のおみねだ。

「何を言うの、そんな事はないですよ。あんなに一生懸命初太郎さんのために働い

てきたんだもの、初太郎さんだって、そんな事は分かってる。だからおみねさん、自分で命を絶つなんてことはしちゃ駄目ですよ」

「もう私にはどうしていいのか……あの子が、初太郎が何を考えているのか分からなくなりました」

おみねはそう告げると、また涙を流すのだった。


頃は七ツ（午後四時）、そろそろ夕食の準備時で、おたつは朝炊いた冷えたご飯を、おじやにでもして食べようかと火鉢に掛けてある鉄瓶を下ろして小鍋を掛けた。一人暮らしで年寄りだ。量はいらない。おいしい物を少しだけでいいからいただきたい。

人参、大根、それに干した椎茸を昼過ぎから戻していたので、それも刻んで入れるつもりだ。

あとは卵、これは買い置きがある。小ネギは弥之助に頼んであるから、商いから戻れば持って来てくれる筈だ。

――そうだ、鰹節を削った方がいいな……。

水屋簞笥の中に手を伸ばして鰹節を取り出したが、その時だった。

「ごめんくださいまし」

表で声がした。

柴犬のトキが吠えないところをみると、怪しげな者ではないのは確かだった。

もっとも近頃トキは、おたつに知らせるのを面倒くさがるようになった。

先日も草履《ぞうり》の押し売りがやって来て、おたつは断るのに苦労したのだ。

「歳をとっても足下ぐらい若々しい物を履いた方がいい、おかみさんはまだまだ美しい、お若いですから」

歯の浮くようなお世辞を言って、それがお世辞だと分かっていても女は弱い。

ついうっかり買いそうになって、はっと押し売りだと気づいて追い返したが、その時だってトキは一声も出すことなく昼寝をしていたのだ。

「お忙しい時間にすみません」

そう言って入って来た女を見て、おたつは声を出しそうになった。

初太郎の母親のおみねだったからだ。

「こちらではお金を貸して下さると聞きました。お願いできないでしょうか。私は亀井町の地蔵長屋のおみねと申します」

おみねは頭を下げた。

流石に今日は髪のほつれもとかしつけて、粗末だが洗い立ての木綿の青縞の着物を着ている。

おたつは小鍋を火鉢の五徳《ごとく》から下ろした。焦げ付いたら夕食抜きになる。

おみねに上がり框に座るよう促して、自分も向かい合って座った。

「何に使うお金ですか」

おたつは訊く。

おたつがおちかから聞いた話では、おみねは初太郎のために昼も夜も働いて金をずいぶんと貯めているらしかったからだ。

「倅のために必要なんです」

おみねは、消え入るような声で言った。

「息子さんは何をしているんですか？」

分かっているけどおたつは訊く。

「ええ、いろいろと……それでどうしてもお金がいるのですが」

「息子さんのためにお金をねえ……」

おたつは、煙草に火を付けて煙をゆっくりと吹かせながら、おみねの顔を窺った。

おみねは恐縮しきって目を伏せている。

おたつは煙管の灰を、音を立ててうち捨てると、

「もう一度お聞きします。息子さんは何をしているのですか」

「……」

おみねは思いがけないおたつの強い語調に身をぴくりとさせた。

その様子を見たおたつは、厳しい顔で言った。

「おみねさん、いいですか。私は金貸しですが、使い道のはっきりしないお金は貸しません。だってそうでしょう……何をしているのか、どんな事でお金がいるのか、それが分からない事には、貸したお金が戻ってこないって事になりますからね」

「お金は私がきっとお返しします」

おみねは、縋《すが》るように言った。

「だから何に使うのかって訊いているのですよ」

「……」

「どうぞ、お帰りを……余所で借りて下さい」

おたつは立ち上がった。

「お待ち下さい、お願いします、この通りです」

おみねは土間に手をついた。

「困った人だ、立って下さい。本当に怒りますよ。さあ！」

おたつの語気が相変わらず衰えないので、おみねは困った顔で立ち上がった。

「金を貸す貸さないはお互いの信用の上になりたつものだ。おみねさん、私に言えないってことは私を信用してないってことなんだよ」

おたつは言った。

「申し訳ございません。恥ずかしくて言えませんでした。実は倅が博打場で借金を作ってしまって、返済できなければ命をとられるなどというものですから……それでせめて十両、いえ、五両でもあれば、倅も助かる」

「とうとうそこまでいってしまいましたか……」

おたつの言葉に、おみねは、はっとおたつを見た。

「おみねさん、おまえさんの倅というのは、初太郎さんだね」

「えっ……どうして」

「私は吉野屋さんと懇意の者、初太郎さんが吉野屋で悶着をおこした時も、たまたまあの場におりましてね、ああ、この若者は駄目だ、商人には向いてないなと見ていた者ですよ」

「……」

　おみねは、小さくなって聞いている。

「その後の初太郎さんの言動も聞いています。竹次郎さんから聞きました。なぜ初太郎さんがああなってしまったのか、おみねさん、母親として心配するのは分かりますが、博打に使うお金を出してあげるのは止した方がいい。初太郎さんはますます深みにはまりますよ、そうは思いませんか」

　おたつは、じっとおみねを見詰めた。

「確かにおっしゃる通りかもしれません。今お金を渡す事は良くない事だと思っています。でも、母親として今してやれる事は、その事以外に何もないのです。どうして倅があんなったのか、それはきっと私の育て方が間違っていたに違いありません。立派な商人になれ、父親のようになれと追い立てて、それがあの子の精神を壊してしまったのだと思います。壊してしまった倅の心を、どうやって正常に戻すのか、その方法が分かりません。私に今出来ることは何はさておき、……」

おみねは涙ぐむ。

相当おみねの精神は病んでいるとおたつは思った。

「おみねさん、つかぬことをお尋ねしますが、ご亭主からは何も連絡がないのですか。私は吉野屋久兵衛さんから、ご亭主の丹兵衛さんの話も聞いています。未だ行き方知れずなんですか」

「はい……」

おみねは、ゆっくりと顔を上げると、

「生死も分かりません。もうこの江戸には戻れないと思います。間違って売ってしまった薬がまさかの毒だったんです。夫自身の手で売った訳ではありませんが、奉公人がやった事は主の責任、遠島や死罪にならなかっただけでも有り難いことでした。しかしそのかわりに、夫は二度とこの江戸の土は踏めなくなったのです。その夫の情けなさ無念さを思うと、つい倅に大きな期待を掛けてしまって……今更遅いのですが……」

力なく俯いた。

おたつは大きくため息をつく。しばらく考えたのちに言った。

「おみねさん、事情は分かりました。でもやはり、博打場に運ぶお金を借金するべきではありません。親子が反目して暮らすのはつらいでしょうが、今日はこのままお帰りなさい。もう一度じっくりと考えて、そして初太郎さんとも話し合って、それからまたおいでなさい」

「……」

おみねの顔は落胆している。そんなことが出来るぐらいならここには来なかった……おみねはうらめしげな目でおたつを見た。

「私はね、初太郎さんがやりなおすって心を決めて、そのためにお金が必要ならば融通します。冷たいようですが今日はお帰りを……」

おみねは、のろのろと立ち上がった。

そして力の無い足取りで帰って行った。

「なんだよ、今の人は……」

弥之助がネギを手にして入って来た。

「あっ、丁度良かった」

おたつは手を伸ばして、弥之助からネギを受け取った。

「それにしてもなんだな、この世には甘ったれた男がいるもんだな」

弥之助はネギを洗うおたつの手元を見ながら言う。

「聞いていたんだね、さっきの話を……」

おたつは咎めるように言った。

「だって入ろうと思ったけど、入れなかったんじゃないか。俺もおたつさんの意見に賛成だな」

弥之助は上がり框に腰を据え、

「母親に博打の金を都合させるなんて許せねえ野郎じゃねえか」

怒りを吐き出す。

「まあね、あんたのように小銭の資金で、その日稼ぎをしている者にしちゃとんでもない話だよね」

おたつは言いながら、下ろしていた小鍋をもう一度火鉢の五徳に掛け、ネギを刻み始める。

「いい音だな、なんだろ、この音を聞くと妙に落ちつくんだよ。おふくろがさ、朝早く味噌汁のネギをとんとん刻んでいたのを思い出すことがあるんだよ」

「へえ、かわいらしいこと言うじゃないの」

「で、おたつさん、今日のごはんはおじやだったのか」

弥之助が鍋の中を笑って覗きこむ。

「そうだよ、おまえさんは今日は何食べるんだい？」

おたつも笑って刻んだネギを鍋に放りこんだ。

いつものことだが、弥之助とのやりとりは肩が凝らなくていい。

「俺か……俺はそこら辺の煮売り屋で買ってきた物さ、作るのは面倒くさいだろ……俺が買ってきたのは、握り飯と、漬け物と、イカの甘辛煮。それと食後に大福餅」

「へえ、おいしそうじゃないか？」

「食べる？……でもイカの甘辛煮はおたつさんの歯じゃ無理じゃないかな」

弥之助が笑った。すると、

「何言ってんだよ。あたしの歯はね、虫歯もほとんどないんだよ。漬け物だってぱりぱり食べられるんだから」

おたつはむきになって言った。

「わかったよ。俺はね、俺が買ってきたものより、おたつさんのおじやの方がうまそうだなって思ったもんだからさ」

弥之助はまた小鍋を覗く。

「おじやを食べたいのなら、分けてあげるよ。お茶碗を持ってくればいい」

「ほんとかい！」

弥之助は喜んですっ飛んで家に帰った。

「ふん、まだ子供だね」

おたつは笑って、鍋をかき回した。

すると弥之助が自分が買って来た物と茶碗を抱えてやって来た。

「おじやなんて久しぶりだ。これも昔亡くなった母親の話だけど、時々作ってくれた事があったんだ……新しい母親がやって来て、なにかとうまくいかなくなって、俺は家を出たんだけど、それからおじやなんて食べてねえから」

「おっかさんの味がするといいけどね」

おたつは笑った。

「きっと美味しいと思うよ、なにしろおたつさんが作ったんだからさ」

弥之助はかわいらしい事を言って鍋の中をくんくんと嗅《か》ぐ。

「弥之助さんは見かけによらず人たらしだねえ。おまえさんの野菜の商いが上手いのが分かったような気がするよ」

「おたつさん、そりゃあないだろ。あっしは本当のことを言っているんだ。おたつさんやみんなのお陰で暮らしがなりたってるってことを嫌と言うほどわかってる、だからさ」

弥之助はふっと思い出して顔を曇らせると、

「さっきのおっかさんの話、俺は外で聞いていて、世の中もいろいろだなって思ったんだ。俺など家を出る時、一文も貰ってねえから、ほんとだよ。それに比べると、倅のために大金を借りようとする母親がいるなんて、初太郎って倅は、ずいぶん恵まれた男だなって……」

「私はそうとは思いませんね」

おたつは鍋を下ろして、膳の上に二人分のおじやを用意しながら、

「親の期待が大きいだけに初太郎は初太郎で苦しんだんだよ。母親も母親で憎くて期待を掛けた訳じゃないだろうが、やはり亭主が失敗しているだけに、倅には父親の失敗を跳ね返すぐらいに頑張ってほしいと思ったんだろうね。初太郎があんたのような性格なら、自分を見失うことはなかったんだろうけどね」

さあ食べようと、おたつは弥之助を促した。

二人は向かい合って箸を取った。

弥之助が、くすくす笑って言った。

「こうして食べてると、なんとなく母親と倅って感じがしないでもないな……」

「弥之助さん……」

おたつは箸を止めて弥之助の顔を見た。

「な、なんなんだよ、気を悪くしたのかい」

「お前さんならいいかもしれない……」

じっと見る。

「な、何が……何がいいんだい」

「初太郎のことさ。お前さん、手を貸してくれないかい」

おたつは真顔で言った。

「俺が初太郎のために……俺一人じゃ無理だよ、それに甘ったれた男なんぞ腹が立つだけだ。おたつさんも放っておけばいいんだよ」

「そうはいかないよ。もう見て見ぬふりは出来ないね、性分なんだろうね。お前さんだって、この間おちえちゃんに岡惚れして引きこもってたじゃないか。私も含めて長屋の者が放っておいたら、今頃木乃伊《みいら》になってたんじゃないのかね。口うるさいと思っても、自分を心配してくれる人がいる、それだけでも気持ちが救われるんじゃないのかね」

「そりゃあそうだけどさ。分かったよ、何をすればいいんだよ」

おたつは箸を置くと、

「いざとなった時には岩五郎さんに手を貸して貰えるよう、明日にでも初太郎の事を頼んできておくれ。そしてお前さんだけど、初太郎が動き出すのは昼を過ぎてだと聞いているから、早めに野菜を売るのを切り上げて、初太郎に張り付いて貰いたいんだよ。商いを切り上げることによる損失はあたしが持つから」

「分かりやした。おたつさんに言われりゃあ断れないもんな」

弥之助は頭を掻いた。

なんだかんだ言っても、弥之助はおたつが好きなのだ。

六

「おたつさん、おたつさんでございますね」

おたつは長屋の木戸を出たところで、若い女に呼び止められた。

「はて、私はあんたに覚えがありませんが……」

おたつの言葉に若い女は笑って告げた。

「私、おちかの娘です。お春といいます」

「おちかさんの……ああ、この間お嫁に行った……」

「はい、そうです。その節にはありがとうございました。お陰様でおっかさんに美しい二段の簞笥を買って貰いました」

「そりゃあ良かった」

おたつは微笑んだ。

「実は少し、話を聞いていただきたいのですが、お出かけでしょうか?」

お春は遠慮がちに訊く。

「今から本所に集金に行こうかと思っているんだけどね」

「そうですか、お出かけですか」

お春は困った顔になる。

「じゃ、そこの、両国袂の水茶屋にでも行きますか」

たまには外でお茶を飲むのもいいだろうと、おたつは応じてやることにした。

「すみません」

お春は頭を下げると、おたつと一緒に両国の水茶屋に入った。

腰掛けに座ってお茶と団子を注文した。

大川から上がってくる風が冷たいほどだ。川の流れる音も聞こえてくる。

「さあ、何の話でしたか……」

おたつは、運ばれて来た団子とお茶をお春に勧めて、落ちつかない顔のお春を見詰めた。

「初太郎さんのことです」

お春は言った。

「二軒隣が初太郎親子の家だったんだね」

おたつはお茶を飲みながら訊いた。

「ええ、初太郎さんは私より三つ年上です。でも同じ長屋で隣同士ですから、幼い頃から良く一緒に遊んだ仲でした。その初太郎さんが今大変なことになっていて、おばさんは先日、首をくって死のうとしたんです」

「首を……」

おたつは驚いて聞き返した。

「ええ、初太郎さんが、おばさんが苦労して貯めたお金を、全部持って行ってしまったんですよ」

おたつは頷いた。

おみねが金を貸してほしいと言ってきた時から、そんな事だろうと思っていた。

「おばさんはもう望も何も失ったんだと思います。それで死んでしまおうと思ったんだと思います。でも丁度私があの家を訪ねたものですから、おばさんが死のうとしているのを見つけて、おっかさんを呼んで、二人で止めたんです」

「ふん、初太郎は賭場から抜けられなくなってしまったんだね」

おたつは苦々しい顔で言った。

「ええ、ところがまだ足りないんだって、おばさんにお金を出してくれって言うようになって、おばさんは困り果てて、うちのおっかさんにおたつさんの事を聞き、それでおばさんはおたつさんのところに……でも、断られたって帰ってきました」

お春は、ちらと恨めしい目をおたつに流した。

「博打の金なんて、借金が増えるだけだからね。焼け石に水って、そういう事を言うんだよ」

「……」

「私はそんな金は貸しません。結局おみねさんが困ることになるんだから」

「でも……」

お春はきっと顔を上げると、

「今朝、怖い顔をした人がやって来て、十両の金をつくらなきゃ倅の命はねえ、なんて言ってきたんです」

「脅しだね、脅せば金が取れると踏んでいるんだろ。第一、その話、本当かどうか疑わしいよ」

おたつは言った。

「お金は貸していただけないんですね。おたつさんは脅しだと言うけれど、万が一息子が殺されたらどうしようって、おばさんは生きてる心地がしないって言っているんです」

お春は深いため息をつく。

おたつは、じっとお春を見ている。

わずか息にして五つもつかない間だが、おたつが何も言わないものだから、お春はたまりかねて身を乗りだした。

「無理をお願いしていることは、良く分かっています。でも昔の初太郎さんのことを思うと、なんとか立ち直ってほしい、おばさんにも元気を出してほしい、そう思ったものですから……だってあの家もうちも母一人子一人の家庭でした。人に後ろ指さされないようにって、お互い励まし合ってきたんです。それがいつのまにか、初太郎さんが奉公先に落ち着かなくなって、おばさんも口数がすくなくなって、ひたすら仕事に励むようになって、それで私たちとは少し疎遠になっていましたけど、おっかさんも私も、案じていたんです。確かにこんなこと、人さまに助けを求めるのは間違っている。それはわかっています。私たち親子で助けられたらこちらにお願いにくる事もなかったのですが……すみませんでした。他に頼るところもありませんでしたので……」

お春は立ち上がると一礼した。水茶屋を出ようとおたつに背を向けた時、

「待ちなさい」

おたつが呼び止めた。

振り返ったお春に、おたつは言った。

「言わないでおこうかと思ったんだけどね、初太郎さんは私の知り合いの人たちに、これ以上無茶をしないように見張ってもらっていますからね」

「本当ですか？」

お春は驚いて聞き返した。

おたつは弥之助と岩五郎に、初太郎の日常に張り付いてもらっているのだ。

何処の賭場に出入りしているのか、金の話はどうなっているのか、のっぴきなら

ない事が起こったその時には、おたつに知らせてくれるように頼んである。

おたつは、お春に言った。

「おみねさんには、辛抱するのだと、ここが辛抱のしどころだと伝えておくれ、助けてやりたいと思っても手を出さないこと、少し落ち着けば手立てもある。私もね、今そこを見極めているところだから……」


初太郎は前を見据え、背を丸めて懐に手を入れて歩いて行く。

行き交う人も、季節の風も、屋台で焼いているうなぎの匂いも、初太郎には関係ないようだ。

その目は異様に光り、頬は瘦《こ》け、吉野屋を辞めてひと月近くだが、その形相は様変わりしている。

吉野屋で主の久兵衛につっかかっていた時も、その顔つきは尋常ではなかったが、いまは何かに憑《つ》かれているのではないかとさえ思える。

時に向こうからやって来た者と肩が当たることもあるのだが、初太郎は少しも動じない。相手を見もしない。

むしろ当たった方が初太郎の形相を見て、ぎょっとする。

――まったく、こまった奴だ……。

そんな初太郎を尾行しているのは岩五郎である。

岩五郎は弥之助からおたつの伝達を受け、弥之助と二人で初太郎を見張ることにしたのである。

「!……」

岩五郎は足を止めた。

視線の先にいる初太郎が、本町の生薬屋『相模屋《さがみや》』に入って行ったのだ。

岩五郎も客を装って店の中に入った。

本町にある生薬屋では中堅というところだろうか。それでも店の中の棚には、沢山の種類の薬袋が並べてある。

その薬袋を手に取って吟味するふりをしながら、直ぐ近くの上がり框に腰掛けて、出て来た番頭に話を始めた初太郎を、岩五郎は用心深く見ている。

「番頭さん、昔吉野屋の本家がこの本町にあったのをご存じでしょうか」

初太郎は商人の口調でまずそう告げた。

「はい、知っていますよ。あの店は独自の良い丸薬を作っていたのに、残念でした。でも本石町に暖簾分けしたお店がございますよ」

番頭は言った。ちょっと怪訝な顔だ。なんでそんな昔の話を、それも関係ない店の話をするのかという顔だ。

「申し遅れましたが、私はあの店の主だった丹兵衛の倅でございます」

「それはまた……」

番頭は驚いて、

「で、私どもに何の御用ですか？」

と訊いた。

「これを見て頂きたいのです」

初太郎は、懐から二枚の半紙に書かれた物を出して番頭に手渡した。

「これは！……」

番頭は驚いて顔を上げる。

「ご覧の通り、元祖吉野屋が販売していた千命丸の原料、それと精製法を書いたものです」

番頭は感心して頷いて見ていたが、まもなく顔を上げると、

「丹兵衛さんの署名もありますな。そうですか、あの丸薬の作り方を知りたいものだとかねがね思っていました」

「どうだろうか、それを買っていただけないでしょうか」

初太郎は、意外な事を口に出した。

「えっ、私どもにこれを買ってくれと、そうおっしゃるのですか」

番頭は目を丸くした。

「そうです。私は生薬屋になるつもりはありません。それなら確かな店でこれを作って貰って、世の中の人の助けになればと……親父もその方が喜んでくれると思いまして……」

番頭はまじまじと初太郎の顔を見ていたが、

「いったいいくらでとお考えなんでしょうか？……あまり望外な値段をつけられても」

「いやいや、そんな無茶は言いませんよ。十両でどうですか」

「十両……少しお待ちを」

番頭は店の奥に入って行った。

そしてすぐに出て来て、

「分かりました、譲っていただきましょう。その代わり、一筆お願いしますよ。後でいろいろと悶着になっても困りますからね」

「承知しました。では、筆と墨をお借りできますか」

初太郎は千命丸を譲渡するという旨の署名をためらいもなくしたのだった。

そして番頭から十両の金を貰うと、初太郎は店の表に出た。

一度懐に入れた十両の金を摑みだし、その重みを確かめるとにやりとし、また懐に金を入れると、元来た道に出た。

今度は初太郎は胸を張って歩いて行く。鼻歌でも歌いたいような顔つきだ。

――あの千命丸という丸薬の製法を書いた紙は、親父の残した大切なものに違いない。

それを事もあろうに売り払うとは、

――あいつは腹の底から腐ってしまったのか……。

こうして次第に遊び人仲間に深入りし、あげくの果てにやくざになり、町奉行所から追われる身になるのだ。

岩五郎は多くのそうした、転落していった男たちを見てきている。

初太郎の行状は、いままさにぎりぎりの境界線を歩いているような危うさがある。

今引き返さなければ一生を台無しにするだろうと、岩五郎は初太郎を尾《つ》けながら思った。

初太郎はやがて栄橋袂にある居酒屋に入った。

以前に騒動を起こした居酒屋とは違っているが、この居酒屋は博打場のあるといわれている富沢町に、より近かった。

七

「女、酒だ、早くしろ！」

初太郎は大きく手を上げて居酒屋の女を呼んだ。

すぐに三十前後の女が酒のおかわりを運んで来た。着物の襟を抜いた厚化粧の女だった。

「初太郎さん、ずいぶんと景気がいいじゃないか」

媚《こび》を売った目で、初太郎を見る。

「ふん、ここを使ったんだよ」

初太郎は、頭をとんとんと叩く。

「へえ、あやかりたいもんだね。初太郎さんは所帯を持っていないのかい?」

女は酌をする。

「独り身だ、女なんかめんどくせえや。所帯を持ってみろ、男は食わせなきゃならねえからな。それにガキでもできてみな、いくら働いたっておっつけねえ。そうしたら、この店にだって毎日通うって訳にはいかないんだから。どうだ、姉さんも一杯」

初太郎は飲み干した盃を女に差し出す。

「あら、ごちそうさま」

女は、身体をくねらせながら酒を注いで貰うと、

「いただきます」

一気に飲み干した。

「へえ、いい飲みっぷりじゃねえか」

初太郎は笑った。

「普段はお客さんから頂きませんよ、でもね、旦那だから頂くの」

女は身体をくねらせる。

「嬉しいことを言ってくれるじゃねえか」

店の隅では岩五郎が、ちびりちびりとやりながら初太郎の様子を見ている。

自分が見張られているとも知らない初太郎は、

「よし、姉さん、今度一度芝居にでも行くかい？」

女の肩を引き寄せた。

その時だった。店の中に二人の強面の男が入って来た。

一人はのっぽで目尻の切れ上がった男で初太郎と似た年齢。そしてもう一人の男は、赤茶けた肌をした、頬に傷のある三十半ばの男だ。

二人は店の中を見渡したが、すぐに目的の物を見つけたのか、顔を見合わせてにやりと笑った。

そして視線を定めたそのところに、ゆっくりと歩み寄った。

「初太郎、ずいぶんとご機嫌じゃねえか」

二人は初太郎の前に立つと冷笑を浮かべて言った。

「な、なんだよ、多岐蔵《たきぞう》さんじゃねえか」

初太郎は慌てた。

急いで女に掛けていた手を放し、向こうに行っていてくれと目で合図した。

女が去ると、二人は初太郎を両脇から挟むように座り、

「ずいぶん景気が良さそうじゃねえか。金は出来たのか」

初太郎を横目で睨んだのは頬に傷のある男だった。

「ええ、まあね」

初太郎は曖昧に答えた。

「へえ、そりゃあいいや。なあに、今日お前さんの長屋に行ってきたんだぜ」

のっぽの男が言う。

初太郎は、ぎくりとした。

「お前のおふくろに会ってきたんだ。金を出せってな、賭場の借金だと思って甘く見るんじゃねえぞと言ったんだ。そしたら、お前のおふくろは、土間に手をついて、

許して下さいって泣いていたぜ」

「止めろ！」

　初太郎が怒った。

「おふくろは関係ねえよ。それに、もう家にはびた一文ねえんだ」

「だったら、なんでこんなところで酒を飲んでるんだ、んっ？」

　頬に傷のある男が、初太郎の胸ぐらを摑んだ。

「こんなところで酒食らって、女といちゃいちゃする前に、親分に返す物があるだろうよ！」

「止めてくれよ、今から行こうと思ってたんじゃねえか。腹が空いてちゃ何もできねえ。多岐蔵さん、放してくれって」

　初太郎は頬に傷のある男に言った。

「すぐに来るんだ」

　多岐蔵はそう言うと、初太郎から手を放した。

　初太郎は二人に引っ張られるようにして店を出て行った。

　むっくりと岩五郎が立ち上がった。

酒代を台の上に置くと、三人の後を追った。

三人は富沢町の大通りから横町に入り、小道の両脇に丈の長い草が茂る空き地に入った。

畑地だったところが放置されて草が伸びた所のようで、小道の突き当たりには古い平屋が見える。

三人はその古い平屋に入って行った。

――そうか、ここが奴らの賭場か……。

岩五郎が足を踏み入れようとしたその時、

「岩五郎の旦那……」

小声で呼ぶ者がいる。

振り向くと弥之助が草の中から顔を上げた。

「あっしが入ります。何かあったら知らせますから、岩五郎さんはここで待機していて下さい」

弥之助は言う。

「大丈夫か」

少々不安の岩五郎だ。

「任せて下さい」

弥之助は胸を叩いて中に入って行った。


「丁半入ります、よろしいですか」

盆の中央で壺振りが客の顔を見渡している。

一同緊張して壺振りの手元を見詰める客の中に、弥之助は身体をねじ込んだ。

そして初太郎の姿を探したが、客の顔ぶれの中には見当たらない。

「おまえ、張らねえのか」

右隣の中年の男が弥之助の腕を小突いた。

「へい、少し様子をみさせて下さいやし」

なんとかごまかして、もう一度辺りを見渡した時、奥の部屋から初太郎が出て来た。

「ヨイチの半！」

壺振りの声と同時に、部屋の中に歓喜と落胆の声が起こる。

弥之助はそれには目もくれず初太郎を見ている。

初太郎は舌打ちして後ろを睨んだ。何か腹立たしいことがあったらしい。

だがその姿は、弥之助から見れば犬の遠吠え。初太郎は巾着を逆さにして振り空っぽになっているのを悔しがっている。

どうやら、有り金全てを賭場の頭《かしら》に取り上げられたようだ。

もはやこの賭場で遊ぶことは出来ないだろう。賭場を出て行くに違いない。弥之助が腰を上げようとしたその時、初太郎は袂に手を突っ込み、何かをつかみ出した。

それを見定めてにやりと笑う。

「?……」

弥之助が浮かした腰をまた下ろすと、初太郎は客の中に割り込んで来て、一朱金を盆の上に張ったのだった。

「半!」

初太郎は一朱金を隠し持っていたようだ。

客たちが次々に賭けていく。

「よござんすね、入ります!」

壺振りがサイコロを振って威勢良く盆に伏せた。

初太郎の目が盆に伏せた壺に釘付けだ。

「ピンぞろの丁！」

再び客の中から歓喜と落胆の声が上がる。その時だった。初太郎が忌々しそうに呟いた。

「ちぇ、まさかいかさまじゃあないよな」

「てめえ、今なんて言った？」

言うより先に壺振りは立ち上がっていた。

あっという間に、壺振りは初太郎の胸ぐらを摑んでいた。

「てめえの勘の悪さを人のせいにするんじゃねえや！」

「チクショー！」

脅しで降参すると思っていた初太郎が、壺振りを突き飛ばした。

「野郎……」

壺振りが初太郎を殴った。初太郎も殴り返す。

「厄介者め、痛い目に遭わせてやる」

壺振りは腹巻きに呑《の》んでいた匕首《あいくち》を引き抜いた。
わっと客たちが悲鳴を上げた。
初太郎も部屋の隅に転がっていた杖ほどの木の枝を摑んだ。
——だめだ……。
弥之助は立ち上がると、口に指をくわえて口笛を吹いた。
お客たちに動揺が広がった。
弥之助の笛が、岡っ引の笛かと思ったらしく、お客たちは先を争って外に走り出た。
そのお客たちを掻き分けて岩五郎が走り込んで来た。
「岩五郎さん」
弥之助が、盆の近くで睨み合っている二人を指さした。
奥の部屋からは、あの二人組も出て来ている。
「止めろ、初太郎！」
岩五郎が叫んだが遅かった。
壺振りの男が、初太郎めがけて匕首を振り下ろした。

だが初太郎はこれをかろうじて躱《かわ》すと、

「わー！」

大声を上げて壺振りに木刀を振り下ろした。

壺振りは身体を反らしたが、何かに蹴躓《けつまず》いて転んだ。

初太郎の木刀が壺振りの肩に当たった。同時に壺振りが振り回した匕首が、初太郎の腿を突き刺していた。

「止めろ、初太郎！」

岩五郎が二人の間に飛び込んだその時、弥之助が必死に口笛を吹く。すると、

「取り押さえろ！」

北町奉行所同心上林照馬《てるま》と岡っ引栄二郎が、番屋の小者たちを連れて飛び込んで来たのだった。

初太郎も壺振りもその場で縄を掛けられた。

だが賭場の手下のあの二人の姿は消えていた。

「上林様、助かりました」

岩五郎が上林照馬に頭を下げる。

「丁度見回りで番屋に立ち寄ったところ、ここに客たちが知らせてくれたんだ」

上林は言い、小者に、

「番屋に引っ立てろ」

頼もしい声で命じた。

八

初太郎は富沢町の番屋で腿の手当を受け、奥の板の間に転がされている。

刺し傷は意外に大きく、十針も縫ったらしい。

吉野屋での奉公が嫌で飛び出し、悪がって酒を飲み、博打をし、喧嘩までやってのけたが、本当のところは根性無しの生っちょろい男だ。

外科医がやって来て傷口を縫う時も大暴れして皆で押さえつけて、やっと処置できたという具合だ。

結局初太郎は治療の途中で気を失ったが、目が覚めてからは押し寄せる痛みに耐えられないらしく、

「痛いよう、はあ、はあ、痛いよう」

ずっと子供のように鳴き声まじりの声を上げている。

「静かにしねえか。傷の手当をしてもらっただけでも有り難いと思え。お前が本当のやくざ者だったら、そんな傷は放っておかれたかもしれないんだぞ」

岩五郎が叱る。

初太郎はもはや反論出来る元気はないが、岩五郎に叱られても、

「はあ、はあ、痛いよう、痛いよう……」

痛みを訴えなければいられないらしい。

「お前が木刀で殴りつけた男はな、名は義三《ぎぞう》、渡世もんらしいが、奴の肩の傷も酷いらしいぞ。万が一骨でも折れていたら、初太郎、お前も小伝馬町《こでんまちょう》送りになる」

岩五郎は初太郎の情けない姿に、うんざり顔だ。

壺振りの義三も治療を受けて繋がれているが、こちらは隣町の番屋だった。

同じ番屋の狭い部屋に二人を置くのは危険だ。またつかみ合いでも始めたら手を取られる。

北町の同心上林は、そこで二人を留め置く番屋を別々にしたのだった。

幸い二人とも命に別状はなかったが、与力が出張《でば》ってきて話を訊き、小伝馬町に送られるのか否かが決定される。

小伝馬町に送られれば、ただでは済まない。なんらかの刑罰を受けるだろう。

——まったく手間のかかる奴だ……。

岩五郎は、うめく初太郎を横目に、

「すまねえ、お茶を頂きますぜ」

番屋に置いてある湯飲み茶碗を取り、出がらしの茶を湯飲みに注ぐ。

つい先頃まで岡っ引だった男だ。番屋の中など勝手知ったるなんとかで、だいたい何を置いているのか分かっているのだ。

岩五郎は、お茶を一口飲んだ。やっぱりまずいが仕方がない。もう一口飲んだところに、弥之助がおたつとお春を連れて入って来た。

「弥之助さん、ごくろうだったな」

岩五郎はおたつたちを迎えた。

おたつは番屋の者に一礼すると上にあがり、奥の板の間にまっすぐ進んで、痛がっている初太郎をじっと見た。そして、

「うるさいね！」

まずは一喝した。

「！……」

初太郎は痛みの声を飲み込んで顔を上げた。そしてそれがおたつと知って顔を背けた。

「あたしを覚えているんだろ。お前さんが吉野屋で勝之助さんに横柄な態度を取っていた時に会ったのが初めてさ。だけどもあたしは久兵衛さんとも親しいのでね、あんたの事は良く知っている。それに私は金貸しだから、あんたが住んでいる長屋にも出入りしてね、そうそ、あんたのおっかさんからも借金を申し込まれたんだよ」

母親の話が出たその時、初太郎の身体が、びくっと動いた。

おたつは、背を向けている初太郎に話を続けて掛けていく。

「おっかさんはね、蓄えた金をあんたが盗んで持って行ったことから死のうとしたんだよ」

おはつの語気は険しい。

また初太郎の背中が動いた。

「だけども賭場の男たちから、あんたが作った借金を用意しろ、できなきゃ初太郎の命はないかもしれねえ、なんて脅されて、それで私のところにやって来たんだ。母親の苦労を踏みつけにした倅を助けるために、返す当ても無い金を私に借りに来たんだよ」

「……」

初太郎の背中が息を殺して聞いている。

「でも私はその話を断った。そんな事をしたって倅は改心するものかと思ったからね。あんたのおっかさんは、泣く泣く帰ったさ。その帰って行く背中を見ていたら、可哀想で、気の毒で……」

不覚にもつい、おたつの声が震える。

「今日ここに一緒に来た、お春さん親子だってそうだよ、隣人としてどんなにあんたの心配をしているか」

「……」

初太郎は僅かに曲げていた足を動かした。だが相変わらず背中を向けたままだ。

「みんなの気持ちを汲もうともせず、ついに番屋にお預かりの身になった。ここまでくれば自業自得、遠島でも死罪にでもなればいいさ。人の情の分からぬ奴は、生きている価値はないね。これまで岩五郎さんや弥之助さんに頼んで、あんたが無茶をしないよう見張ってもらっていたんだけど、これでその必要もなくなった。好きにすりゃあいいさ」

おたつは厳しく言って突き放した。すると、

「初太郎の兄ちゃん……」

お春が初太郎の背中に呼んだ。

背中がびくりと動いた。

お春はそれを見て立ち上がると、初太郎の前に回って座った。

初太郎はお春の視線から逃れたくてもそれは出来ない。お春に背中を向ければ、そちらではおたつが睨んでいるからだ。

縮こまっている初太郎に、お春は言った。

「初太郎兄ちゃん、覚えてる……幼い頃に二人でよく行った桑の実のなるところ……まだあそこに桑の木、あるんだよ」

「……」

「私、初太郎兄ちゃんには言わなかったけど、あそこに毎年行ってるんだ……桑の実がなる頃にね」

「……」

初太郎は返事はしないが、懐かしそうな目をして聞いている。

「良く食べたよね、口の周りが真っ赤になるまで……」

お春は言って、思わず思い出し笑いをした。ちらと初太郎の表情に視線をやりながら、

「そうそ、初太郎兄ちゃんがおっかさんから新しい着物を縫ってもらって着て行った時、あんまり桑の実がたくさん摂れたものだから、ほら、袖に入れて持って帰ったら、おっかさんに怒られて……私もおっかさんにこっぴどく怒られたけど、兄ちゃん、おっかさんにおしりを叩かれたでしょ。あたしが心配して見ていたら、叩かれながら、あたしを安心させようって、べえ、をして、私を笑わせたじゃない……あの時から、いいえ、もっと前からだと思うけど、私は初太郎兄ちゃんを本当の兄ちゃんのように思っていたんだよ」

「……」

初太郎は、照れくさそうにごそごそ動いた。

「お互い、おとっつぁんのいない家庭だったからかもしれないけど、桑の実食べながら言ったじゃない。兄ちゃんはこう言ったよ。お春ちゃん、おいらもお前も、きっと幸せになろうなって……」

初太郎は、顔を背けるようにして動く。

「幸せになるには、一生懸命働いて、お金を貯めて、所帯を持って、おっかさんを安心させてやるんだって、二人ともませた事言っていたのを覚えてる?」

お春の話は、なんという事もない幼い頃の話だが、番屋にいる当番の者も、おたつも、岩五郎も弥之助も、ちょっぴり胸を熱くして聞いているのだ。

「私は、あの時の兄ちゃんの言葉をいつも胸において頑張ってきたんだよ。大工の翔太《しょうた》さんと所帯を持ったのもそう、いい人見つけて嬉しかった。一番に兄ちゃんに紹介したかったのに、こんな事になってしまって……」

「お前さえ……」

あえぎながら、ついに初太郎が言葉を発した。

「お前さえ幸せになればいいんだよ」

涙声だった。お春の話は初太郎の昔の心を呼び戻したようだった。

「兄ちゃん!」

お春は初太郎の側に膝を寄せると、

「よくないよ。私だけだなんて駄目だよ。よくないよ」

お春の目から涙がこぼれて落ちる。

それにつられて初太郎の双眸からも涙があふれてきた。

「兄ちゃん……」

「ちくしょう、どこで間違ったんだ……」

初太郎は臆面もなく泣く。

「うっうっうっ」

弥之助がもらい泣きしている。

おたつは、岩五郎と顔を見合わせた。

やれやれ疲れたものだと、おたつは帰宅すると上がり框に腰を据えた。

初太郎が番屋に留め置かれたと弥之助から聞いた時、おたつはお春を連れて行くことを考えたのだ。

母一人子一人の家庭、貧しい長屋暮らし、二人の間には共通することがいくつもあった。

初太郎の心を動かせるとしたら、今やお春しかいないのじゃないかと考えたのだ。

弥之助がおたつのもとにお春を連れて来た時、

「初太郎との何か懐かしい思い出をね、楽しかった事とか、悲しかった事とか、それを初太郎に語りかけてやってほしいんだよ」

そう言って後押ししたのだが、お春のなんという事はない桑の実を摘んだ話が、初太郎の心を揺るがし、まわりの者たちの心まで熱くしたのだった。

桑の実を食べたという子供時代の思い出は、誰の胸にもあるのだ。おたつにだってあるし、岩五郎にだってある。

弥之助までが声を上げて泣いたのは、捨ててきた故郷に、亡くなった母との繋がりや友人との思い出があったに違いないのだ。

——初太郎があれで気持ちを切り替えてくれれば……。

おたつは、祈るような思いであった。

疲れきった身体を起こすと、羽釜《はがま》に残っていたご飯を確かめ、茶碗に盛りつけた。

初太郎の事でどたばたしていたから、おかずは漬け物ぐらいしかなかった。

もうめんどくさいから湯漬けにでもしようか……おたつは火鉢の熾火を確かめた。

白くなった灰を退《の》け、新しい炭を継ぎ、鉄瓶の湯が沸くのを待っていると、

「おたつさん、帰って来てるんだね」

鋳掛屋の女房おこんと、大工の女房おせきが、手に皿をのせて入って来た。

「忙しそうだったから、おかず、お裾分け……」

おこんは持参した皿を、おたつの前に置いた。

「おや、ごぼうだね、そして人参におあげ……」

おたつは皿の中を覗いた。

ごぼうと人参、それにこんにゃくと揚げを甘辛く煮た料理だった。

「私もね」

おせきが皿の上にのせてきたのは、炭火で焼いた鯵の開きだった。

「今から焼くのは面倒くさいでしょ」

「ありがたや、ありがたや。助かりました」

おたつは手を合わす。

「何をおっしゃいますやら、こちらは困った時には、いつだって快くおたつさんがお金を貸してくれる、その安心感があるから、働きの悪い亭主にもいらいらしなくてもすむんだから」

おこんが言えば、おせきも、

「ほんと、おこんさんの言う通りだわ。あっ、そうそう、言い忘れていたんだけど、トキは今日、おたつさんの留守にお手柄だったんですよ」

嬉しそうに言った。

「トキが……」

まさかとおたつが聞き返すと、

「家の中に入ろうとしたどろぼうの男の尻に、がぶって！」

おせきは、右の手を柴犬の口にみたてて、がぶっという声と一緒に、何かを嚙む真似をした。

「へえ、トキは賢い犬だからね、明日には褒美に何か美味しいものでも買ってくるか」

するとそこに大家の庄兵衛がやって来て、

「おたつさん、孝行犬のトキ、泥棒の尻をがぶり……そんなよみうりの記事が出たら、この長屋も有名になると思いませんか」

庄兵衛は、皆の顔をふふんと鼻を鳴らして見渡す。

「あれ、どうかしたんですか大家さん……ああっ、まさかまさか」

おこんが大家の顔を指さすと、

「はい、一文字屋というよみうり屋に話しました」

庄兵衛は得意げに言った。

「ええ……ほんとなの」

おせきが声を上げて、ちらとおたつを見る。

おたつに叱られるんじゃないかと案じているのだ。

「まったく余計なことを、よみうりなんかに出たら、この長屋に人が押し寄せてくるんじゃないかね」

おたつはやはり不満だ。

「おたつさん、孝行息子ならぬ孝行犬でお奉行所から金一封がいただけるかもしれないよ」

「馬鹿な……」

おたつは苦笑した。

近頃は孝行話が流行《はや》っていて、あっちでもこっちでも、足の弱った親の世話をしたのだとか、義理の親なのに育ててくれた事に感謝して孝行を尽くしているとか、次々に孝行話がよみうりに出て、お奉行所から奨励金が出たなどという話が広がっているのである。

「いらないよ、そんなお金」

おたつは言ったが、庄兵衛は、

「もしも奨励金をいただけたら、トキを連れて、お弁当を持って、長屋のみんなで遊びに行くってのはどうかね」

「ばかばかしい、犬が奨励金なんていただけますか。まったく大家さんも、他に考えることがないのかね」

おたつがぶつくさ言ったその時、岩五郎が険しい顔でやって来た。

「おたつさん、初太郎が番屋から逃げた」

「なんだって！」

おたつは驚きの声を上げた。

「いや、足も怪我してるから外には出られまいと思っていましたから、あっしも家に帰っていたんです。すると夜になって番屋の者たちが手薄になったのを見計らっていなくなったっていうんです」

「見付からないのかい」

おたつは訊く。

「探すのはもう明日ですね、暗くなってきていますから……」

おたつは、啞然となった。

九

朝の光が、神田堀の土手に繁る桑の木の間に差し込んでいる。

その光は、桑の木の間で仰向けになって眠っている初太郎の顔を差し始めた。

朝の内に霧が発生していたのか、光は虹色の糸を引いていて、それが幾十にも重なって桑の木の林に降り注いでいるのだった。

「！……」

初太郎は目を開けた。だが起き上がることはしなかった。

仰向けになったまま、朝の陽の光を懐かしい物でも見るように仰いでいる。

――きれいだ……。

初太郎は呟いた。

こんな綺麗な朝日を眺めるのは何年ぶりだろうかと思う。

初太郎は番屋でお春から、昔この場所で桑の実を摘み、口の周りが真っ赤になるまで食べた話を聞いた。

桑の実の話は、初太郎の心を強く揺すぶり、思わず涙がこぼれたのだった。

桑の実を食べたのは、まだ奉公のなんのと考えなくても良かった頃の話だが、初太郎にとっては一番幸せだった時代だと思う。

妹のように可愛がっていたお春との関係も、一番良かった頃だ。

初太郎はどこに行くにもお春を連れて歩いていた。お春もとことこいつも付いて来た。

知らない者が二人を見たら、きっと本当の兄妹と思っただろう。

ところがそんな幼なじみの関係も、次第にある時期から薄れていった。初太郎が奉公に行く年頃になった頃だ。

母のおみねは、良く父親の話をするようになった。

「おとっつぁんのような商人にならなければ……おっかさんもそのために頑張っているんだから」

おみねは、奉公するにしたって心して修行しなければならないと口を酸っぱくして言うのだった。

初太郎は奉公に行く前から、行く手に父親という大きな壁が立ちはだかっているのをひしひしと感じていた。

その壁は高く、険しく、どう考えても簡単に越えられそうもなかった。

少し母親に弱音を吐くと、

「お前の父親も、初手から店を持っていた訳ではないんだよ。身ひとつで起こした人なんだよ。だからお前にだって出来るよ。第一、おとっつぁんが作った千命丸は、あんたが一人前の商人になって店を開いた時には、一番頼りになる薬になる筈なんだから」

母はそう言って、初太郎の父親について話してくれるのだった。

それによると、初太郎の父親丹兵衛は上方近江の人だという。

吉野屋の番頭になった勝之助と同じ所の出で、丹兵衛は幼い頃から父親と山に入って薬草を採っていたようだ。

だが次第に、自分で薬を作って売らなければ儲けは少ない、そう思うようになったらしい。

それからは試作に試作を重ねてついに丸薬を作り出した。それがあの、千命丸だったのだ。

そう……先日その製法を書いた物を、初太郎は本町の相模屋に売ってしまったが、あの丸薬のことだ。

初太郎の父丹兵衛は、薬草を採るだけでなく丸薬の販売も始めたのだった。

千命丸という丸薬の命名も良かったのか、街道筋で良く売れて、丹兵衛は父を亡くしたのを潮に江戸に出て生薬屋の店を開いた。

店の目玉は千命丸、元祖吉野屋の屋台を支えたのは、千命丸だと母は話してくれた。

「運悪く店を手放して江戸を追放されることになったけど、おとっつぁんのそれまでの商いは間違ってはいなかったんだよ。だからね、お前にだって出来るんだから」

母は必死に説く。

だが初太郎は次第に父の話を敬遠するようになっていた。

更に母の話にもうんざりするようになり、そんな大きな壁を越えなければならない修業なんてご免だと思うようになっていった。

そしてとうとう、あの丸薬製法の書き付けを売り払ってしまったのだ。

――今更どうしていいのか分からないが……。

ただここに来れば何かが見えるかもしれない。

初太郎はそんな思いに駆られて、番屋を夜の内に飛び出して、足を引きずり、この土手にやって来たのだった。

風が、さやさやと鳴っている。

初太郎はその凪の音の中に、人の足音を捉えていた。

だがその足音が突然止まった。

「やっぱりここだったんだな」

初太郎の顔を覗いたのは弥之助だった。

弥之助はすぐに背後に向かって呼んだ。

「お春さん、ここです、初太郎がいましたぜ！」

初太郎は起き上がった。そして言った。

「凪に当たりに来ただけだ。逃げも隠れもしないから番屋に連れて行け」

「初太郎兄ちゃん……」

お春がやって来て初太郎に笑顔を送る。

「腹が空いてんじゃねえのか。これを食べろ。番屋に帰るのはそれからでいい」

弥之助は初太郎の膝に、竹の皮で包んだ握り飯を置いた。

初太郎は、じっと竹の皮の包みを見詰める。

「おたつさんが握ってくれたんだ。俺が長屋を出る時に渡してくれたんだぜ。初太郎が見付かったら、これを食べさせてやってくれって、きっとお腹が空いているだろうからって……」

初太郎は、竹の包みをぎゅっと握った。

お春は、はらはらして見ている。投げつけたりしないだろうかと案じているのだ。

だが初太郎は、

「すまねえ……」

小さな声だが、はっきりとそう言ったのだ。素直な声音だった。

「兄ちゃん……」

お春は嬉しい。

初太郎は握り飯に嚙みついた。がぶっがぶっと、勢いよく食べていく。

「ごほごほっ」

勢い余ってむせた初太郎に、弥之助は竹の水筒を黙って差し出した。そして初太郎と肩を並べて座ると、

「俺も昔は粋がってどうしようもねえ人間だったんだぜ。だがよ、おたつさんに説教されながら野菜を売り歩くようになって、自分でも変わったなって思うんだ。毎日が楽しいんだ。だからお前もやり直せばいいんだよ。俺で良かったら力になる

ぜ」

弥之助はさりげなく言った。

お春は、ほっとした顔で初太郎が握り飯を食べるのを見詰めていた。


おたつが吉野屋の暖簾をくぐったのは、その日の昼過ぎだった。

座敷に通されて待っていると、すぐに久兵衛が部屋に入って来た。

「久兵衛さん、初太郎さんの事をお知らせしようと思いましてね」

おたつは言った。

「何か、あったのでしょうか」

案じ顔で久兵衛は訊く。

「ありました、今富沢町の番屋です」

「それはまた……」

久兵衛の顔が曇る。

おたつは、このところの初太郎の行状を順を追って久兵衛に話した。

久兵衛は何度も頷いて聞いていたが、

「すると、初太郎は小伝馬町に送られるかもしれない、そういう事ですね」

「はい、そうです。今日大番屋に移されるような事なら、小伝馬町送りは避けられないかもしれません」

久兵衛は落胆の吐息を漏らした。

「旦那さまが知ったらどれほど嘆くか……私が預かった時、もう少しうまく指導が出来ていれば、こんなことにならなかったかもしれません」

「久兵衛さんのせいなんかじゃありませんよ。初太郎は親父さんの偉大さに、ただ圧倒されるだけで、最初から修業も挑戦も出来なかった、そういう事です。このたび仮に、小伝馬町に送られるような事になっても、あのまま悪に突っ走るより良かったんじゃないかと私は思っていますよ」

久兵衛は頷いて、

「心を入れ替えてやり直すのなら、私も協力は惜しみません。初太郎の様子はどうなんでしょうか。やり直す気持ちになっているのでしょうか」

おたつの顔に問う。

「私もここに来る前に番屋に寄って初太郎に会って来たんですが、昨日までとは顔つきが変わっていました」

「と言いますと？」

「何かふっきれた顔をしていましたね。素直な表情になっていましたよ。これなら立ち直れるって、私は思いました」

おたつは、笑みを見せた。

「有り難い、おたつさんのお陰です」

「いえいえ、私だけではとてもとても、いろんな人がこの度は手助けしてくれたんです」

「いいえ、それだって、おたつさんの人徳があればこその話ですよ。そうですか、するともう少し様子を見るって事ですね」

おたつは頷き、

「まだどういう処置を下されるかは分かりませんが、久兵衛さんも案じているのじゃないかと思ったものですからね」

久兵衛のほっとした顔を見た。だがふと思い出して、

「それはそうと、以前久兵衛さんが話していた千命丸ですが、暖簾分けした久兵衛

さんも作って販売しているのでしょうね」

「はい、でも名前は変えています。初太郎が店を出した時には、あの丸薬の名前は店の稼ぎ頭になる筈です。ですからうちでは、配合はほぼ同じなのですが、妙健丸という名で売っております」

「今更どうにもならない話ですが……」

おたつはため息をついてから言った。

「初太郎は千命丸の製法を書いた物を、本町の相模屋に十両で売ってしまったようです」

「なんと馬鹿な……旦那様がどれほど苦労を重ねて作り上げたものか、そんな事も分からんのかね」

久兵衛は怒気強く言った。だがすぐに、

「で、それは何時の話ですか」

険しい顔でおたつに尋ねる。

「昨日のことです」

「昨日……まだ間に合うかもしれない。明日にでも相模屋さんに会ってみます」

久兵衛は言った。

「旦那様……」

その時だった。手代の竹次郎が部屋の外までやって来て、

「妙な人が旦那さまを訪ねて参りましたが、いかがいたしましょうか」

怪訝な顔で言う。

「名前は聞いてないのかね」

「坊主くずれの者で、風斉《ふうさい》とか……なんでも近江に暮らしていた人の遺言を持って来たとか申しておりまして……」

「なんだって」

久兵衛は、おたつと顔を見合わせると、

「店の方ではなんだから、こちらに通しなさい」

竹次郎に言った。

すぐに竹次郎は、中年の坊主を連れて来た。衣服はよれよれで、いかにもむさ苦しい男だった。

「突然訪ねて来てすまぬ。わしはもとは浪人、だが今は全国を回る乞食坊主、風と

ともにさすらう風斉でござる」

本当にもとは浪人だったかどうか確かめようもないのだが、言葉だけは侍もどきだ。

「私が主の久兵衛ですが、いったい誰の遺言を持って来ていただいたのでしょうか」

久兵衛は緊張した顔で尋ねた。

「当人の話では、吉野屋の主だった丹兵衛と申す老人……」

「なんと、吉野屋の旦那は生きて暮らしていたのですか」

久兵衛は驚いて身を乗り出した。

おたつも仰天してむさくるしい坊主の顔を見ている。

鼻筋の通った頑健な体つきをした坊主だが、その目は涼しく、嘘をついているとは思えなかった。

「丹兵衛という爺さんは、近江の石山寺の近くの山肌に小屋を建てて住んでいた……」

久兵衛は頷いた。

「わしは、ほれこの通り、旅の僧じゃ。石山寺に立ち寄ったのち、山の中で丹兵衛の爺さんに会うたのじゃ。爺さんは薬草を採って山から下りてきた所じゃった。それでいろいろ話しているうちに泊めて貰うことになっての……」

風斉はひと月も丹兵衛と一緒に暮らしたという。

ただ、丹兵衛は病んでいた。心の臓が良くないようで、たびたび胸の痛みを我慢しているのを風斉は見ている。

風斉が居候をしてからひと月も経った頃だった。

全国を回っていると話した風斉に頼みたいことがあると丹兵衛は言った。それが遺言だったのだ。

江戸に到着した折には、吉野屋という暖簾分けした店を探して、その店の主にこれを渡してほしい。そしてもうひとつ、女房だったおみねと倅の初太郎に遺言を届けてほしいと……。

丹兵衛はそう言い残してまもなく、亡くなったのだと言った。

風斉はそこまで話すと、油紙に包んだ物を久兵衛の前に置いた。

「これを私に？……」

久兵衛は問いかけてから油紙の包みを引き寄せ、中を開いた。

「これは……！」

久兵衛は目を見張った。

それは採取した薬草をひとつひとつ絵に描き、効能を確かめ、精製方法も付け加えてあった。その紙は十枚はあった。

ざっと目を通してから、久兵衛はおたつに言った。

「薬草の精製のことを書き残した物です。全て初めて見る薬草という訳ではありませんが、おそらく旦那様は自分の身体で薬効を確かめて、従来言われてきた分量は良いのかどうなのか、それを書き付けたものです。大変貴重な書き物です」

「だれよりも久兵衛さんに知らせたかった、これで薬を作ってみてほしいという気持ちなんでしょうね」

おたつの言葉を受けて、

「さよう、そういう事じゃ。確かにお渡ししましたぞ」

風斉は、ほっとした顔を見せ、

「それで、丹兵衛爺さんの家族だが、お元気なのでしょうな」

久兵衛に尋ねる。

久兵衛の顔に、かすかな迷いが走った。なにしろ初太郎は番屋に留め置かれている。

そんなところに風斉を連れて行ってよいものかどうか迷ったのだ。

だがおたつは久兵衛に頷いた。

父親の遺言がどのようなものか分からないが、すぐにでも風斉を初太郎に会わせてやりたい。おたつはそう思ったのだ。

十

その夜おたつと久兵衛は、風斉を連れておみねの長屋に赴いた。

大番屋に送られると思っていた初太郎が、与力の説諭だけで解き放されることになったからだ。

壺振りの義三は大番屋に送られたようだから、こちらは小伝馬町に送られるのは間違いない。

匕首を抜いて相手の腿を刺し、十針も縫う怪我をさせた義三と、身を守るために木刀を手にして相手の肩を打った初太郎。

義三の方が罪が重い、与力は二人の喧嘩をそのように判断したのだと思われる。

初太郎は岩五郎の手配で、駕籠に乗り、長屋に帰って来たという訳だ。

おたつたちがおみねの長屋を訪ねた時には、初太郎は奥の間で横になっていた。

「これは、おたつさん、それに久兵衛さんも……皆様には大変お手数を煩わせました。申し訳ございません。お陰様で初太郎も大番屋に送られずに帰ってまいりました」

おみねは、横になっている倅をちらと見遣り、おたつに小声で、

「なんだか人が変わってしまったようで……」

嬉しそうに告げた。

「おみねさん、今日はね、ご亭主の丹兵衛さんのことをお伝えしたいという方をお連れしたのですよ」

「えっ、あの人、生きていたんですね……」

驚くおみねの声に、初太郎も気づいて顔色を変えてこちらを見た。

「紹介します。風斉さんとおっしゃるお坊さんです」

おたつが振り返って風斉を紹介すると、

「風斉です。漂泊の坊主です」

風斉は頭を下げた。

おみねは動転した顔で三人を部屋に上げて、おたつに促されて初太郎の側に座り、風斉の言葉を待った。

「まず、丹兵衛さんですが、ふた月前に心の臓の病で亡くなりました」

風斉は告げた。

「亡くなった……あの人、亡くなったんですか……」

おみねは絶句した。

「はい、私が看取りました」

「ああ……」

おみねは泣き出した。長年こらえ続けてきたものが堰を切って流れ出したように、人の目も憚《はばか》らず、前垂れで顔を覆って泣き崩れた。

初太郎は下を向いて歯を食いしばっている。

おたつたちはしばらく黙って見守った。

おみねが泣きながら訴える。

「どんな苦労があったとしても、あの人がどこかで元気で暮らしていると思えば、頑張ることもできたのに……」

「丹兵衛さんは近江の石山寺の近くで薬草を採って暮らしていました……」

風斉は吉野屋で久兵衛とおたつに話したことを母子に告げ、

「丹兵衛さんは土地の人たちに親しまれて暮らしていました。ただ、こちらに残したおかみさんと息子さんの事はいつも心配していたようで、私も良く二人の話を聞かされました」

風斉は、おみねを、そして初太郎を痛ましげに見て言った。

二人とも俯いて聞いている。

「働き者のおかみさんの話、そして可愛い一人息子の話……三人で道灌山《どうかんやま》に虫取りに行った話もしていました。初太郎さん、覚えていますか？」

風斉が尋ねると、初太郎は泣きそうな顔で、こくんと頷いたのだった。

「初太郎さんは虫が怖くて捕まえられなかったんだと笑っていましたよ。あいつは優しい人間だと……」

　初太郎の双眸から、ぽろぽろと涙がこぼれ落ちる。

「あの人、苦しまずに亡くなったんでしょうか」

　おみねが顔を上げて訊く。

「はい、静かにお亡くなりになりました。ついては、亡くなる前に私に遺言を託したのでございます」

　風斉は腹を巻いている帯から薄汚れた巾着を取り出しておみねの前に置いた。

「三十両ちかくあります。ご亭主が薬草を売って貯めたものだそうです」

　おみねはおそるおそる取り上げて、

「おまえさん……」

　巾着を胸に抱く。

「それと遺言を預かってきています」

　風斉は胸元から一枚の紙を取りだして、おみねの前に置いた。

　おみねは取り上げて読む。

　読み終わると、それを初太郎の膝の上に置いた。

初太郎は、震える手で取り上げた。

目を凝らして読み進めたが、途中で中断して二の腕に顔を埋めた。

初太郎の嗚咽が漏れる。その初太郎を労わるように風斉は告げる。

「初太郎さん、丹兵衛さんは何をおいても初太郎さんの事が案じられると言っていました。そして、初太郎さんに生薬屋の商人になることを強制する気持ちはないのだと……薬を扱うのは神経のいる仕事だ、自分はその神経が行き届かなくて失敗した。女房子供と離れて暮らす辛さは言葉には表せない。初太郎には自分のような人生を送らせたくはないのだと……」

「すまねえ、おとっつぁん……」

初太郎は小さな声で言った。

「初太郎さんに頼みたい事はひとつ、母親を大切にしてやってほしいと……」

おみねはまた前垂れを目に当てる。

初太郎が歯を食いしばって顔を上げた。これまで見たことがないような、何か決意を込めた表情をしている。

「風斉さん、父の遺言をお届け下さいましてありがとうございました」

きっぱりと初太郎はそう告げると、

「これまで私は、うまくいかない事があると、人のせいにし、親父を恨んできました。俺たちを捨てていった親父のことを許せなかったのです。ですからどこで奉公しても身が入らず、母を失望させてきました。今日父の遺言を届けて頂き、この先頑張って生きていけそうな気がしています。お礼を申します」

初太郎は言葉つきまで昨日までの初太郎とは違っていた。

「初太郎、その傷が治ったら、また店に戻ればいい。皆待っているよ」

久兵衛の言葉に、初太郎は頭を下げた。

——初太郎は変わった……。

一皮むけたとおたつは思った。


「わお～ん、わん！」

トキが声を張り上げる。

——もう一声、あるんじゃないか……。

トキも近頃手を抜くことを覚えたようだ。

おたつは苦笑して、帳面を手にして座った。

「おたつさん、おはようございます」

一番に入って来たのは、やはり弥之助だった。

「ご苦労さんだね」

おたつは迎えたが、

「おやっ、初太郎さんじゃないか」

弥之助の後ろから入って来た初太郎を見て、おたつは驚いた。

「えへん」

弥之助が胸を張る。

「何やってんだい、胸を張ってる場合じゃないだろ」

おたつは笑った。

「それがそれが、おたつさん、何故初太郎があっしにくっついて入って来たと思う?」

弥之助はおたつに謎解きを仕掛けた。

「まったく、朝の忙しい時に……分かる訳ないじゃないか」

「えへん、つまりだな。初太郎はしばらくあっしの弟子になって、商いというものを勉強すると言っているんだ」

　おたつはくすくす笑った。

「なんで笑うんだよ」

「お前さんが兄貴分てことかい……」

　おたつは念を押してから、初太郎に言った。

「悪いことは言わないから止した方がいいんじゃないのかね。確かにこの男は口は達者だが、まだまだ根性がね、ついふた月前には一目惚れした娘に告白も出来ず、家に籠もって商いはほったらかしだった人なんだよ。商いというものは、途切れがあってはならないよ。それじゃあ無責任てものだ。自分の感情に振りまわされて商いをおろそかにするなんて人間は、まだ一人前じゃあないからね」

　おたつは、ぴしりと言ってやった。すると、

「私はそこが気に入ったのです」

　初太郎はそう言ったのだ。

「へえ、こりゃあ驚いた」

おたつが目を丸くすると、

「実は私も誰にも言ってないんですが、お春ちゃんを好きだったんです」

「お春ちゃんを……」

おたつは驚いた。

「はい、いつか一緒になれたらいいなと思っていました。ですがお春ちゃんは、私のことを兄ちゃんと思っていて……それにまともに働けない私に呆れていたのだと思います。大工の翔太とかいうにやけた男と所帯を持ってしまいました。弥之助さんから、塩田藩の上屋敷に住まいするようになった人の話を聞いて、それでも立ち直って商いを始めた弥之助さんを立派だと思って……」

おたつは笑った。

「ははは、似たもの同士って訳だね」

「はい、しばらく商いというものを弥之助さんに習って、それで自分は何に向いているのか決めたいと思いまして」

おたつは頷き、

「まあ、それもいいかもしれないね。まだ若いんだから……」

そう言って初太郎の顔を見ると、

「あんたに話しておきたい事があるんだよ。あんた、父親丹兵衛さんの命ともいえる、千命丸の製法を相模屋さんに売ったのを覚えているだろ」

「はい……」

初太郎は俯いた。

「その千命丸の製法書を、久兵衛さんは事を説いて相模屋さんから買い戻したんだよ」

「ほんとですか……」

初太郎は目を丸くした。

「本当だ。お前さんが生薬屋をやると決心した時には、きっと役に立つはずだと……それまで預かっておくと言っていましたよ」

「……」

「いくら暖簾分けして貰ったとはいえ、あんなに恩義を忘れない人があるだろうかと私は思っていますよ。初太郎さん、久兵衛さんの気持ち、感謝しなくちゃいけませんよ」

初太郎は次の瞬間、外に走り出た。

「おい、初太郎！」

弥之助が外に首を出して呼んでみるが、初太郎はもう木戸を出たところだった。

「ちぇ、なんだよ、腰が据わってねえな」

弥之助はぶつくさ言った。

「それでいいんだよ、弥之助は弥之助、初太郎は初太郎さ」

おたつは笑って、

「で、今日は？」

幾ら貸せばいいのかと問いかけたその時、賑やかな一団が長屋になだれ込んで来たことが人々の声で分かった。

「大変だ、おたつさん、町の人たちが押し寄せて来ましたよ」

大家の庄兵衛が興奮して入って来た。

何の話だときょとんとしたおたつに、

「ほら、トキですよ。トキの話がよみうりに載ったんです。孝行番犬って」

説明しているうちに、大勢がおたつの家の前に群がってしまった。

「おたつさん、おたつさん」

人の迷惑も考えずに、大声でおたつを呼ぶ。

「ほら、おたつさん、皆さんになんとか言ってやらないと」

庄兵衛がおたつの手を引っ張るようにして促すのだ。

「まったく、迷惑な話だよ」

「何か言ってあげれば、皆さんは納得して帰るんだから……」

「よし、あっしが代わりに……」

弥之助が腰を上げるが、

「やはりおたつさんも一緒じゃないと、絵にならないんじゃないの。絵師も来ているかもしれませんからね」

おたつはしぶしぶ弥之助と表に出た。

「おたつさんですね。こちらのわん公が、トキさんですか？」

筆を持った男が尋ねたところをみると、今度の記事を載せた一文字屋とは別のようらしい。

肝心のトキは、我関せずと言わんばかりに、とぐろを巻くようにして目をつむっている。

「わたしがおたつです。このたびよみうりに載りました通り、この犬は悪人と善人を見分ける能力があるらしいんですよ」

おたつは誇らしげに言った。

「ほんとうですか、それはすごい」

「確かに、そう言われてお顔をみると、利発そうなわん公ですこと……」

中年の女が言った。すると別の女が、

「それほど賢いわんちゃんなら、これまでにもお手柄の話があるんじゃありませんか?」

興味津々、ぐいと前に出て来て訊く。

「そうですね、この子は今年で八歳になるんですが、私が具合が悪くなって倒れた時、走ってお医者に知らせに行ってくれましてね」

こうなったら喜ばしてやらなくてはと、おたつは思いつきの話をしてみた。

「えーっ、それはすごい、流石ですね」

「うちの犬なら知らん顔ですよ」

ぐいと前に出て来た女は、相当の犬好きらしい。

みんながあんまり感心するので、おたつは思いつきの話をしたことで気が咎めて、

「いえいえ、それだって、たまたまお医者さんの家に走ったということかもしれません。柴犬はきまぐれな犬ですからね」

するとと、ぐいと出て来ていた女が口をとんがらせた。

「わんちゃんをそんな風におっしゃるのは、いかがなものでございましょうか。ねえ、皆さん、そうは思いませんか」

そうだそうだと、一団はいっそう賑やかになる。

すると弥之助が前に出て言った。

「確かにこの犬は普通の犬ではありませんよ。私は毎朝、この犬に触ってから仕事に行くんですが、商いもうまくいっておりまして、私にとっては福の神」

わっとみんながトキに群がった。

「ちょっとお待ちを、ひとりずつ、優しく撫でてやって下さい。撫でたら今日はお帰りを、はい、皆さん、並んで並んで……」

大家の庄兵衛まで調子にのって声を張り上げる。

――まったく……。

おたつは笑って家の中に入った。

この作品は書き下ろしです。

秘《ひ》め事《ごと》おたつ二

鬼《おに》の鈴《すず》

藤原《ふじわら》緋沙子《ひさこ》

令和元年8月10日　初版発行

発行人――石原正康
編集人――高部真人
発行所――株式会社幻冬舎
〒151-0051東京都渋谷区千駄ヶ谷4-9-7
電話　03(5411)6222(営業)
　　　03(5411)6211(編集)
　　　振替00120-8-767643
印刷・製本―図書印刷株式会社
装丁者――高橋雅之

幻冬舎時代小説文庫

ISBN978-4-344-42895-9　C0193　ふ-33-2

幻冬舎ホームページアドレス　https://www.gentosha.co.jp/
この本に関するご意見・ご感想をメールでお寄せいただく場合は、
comment@gentosha.co.jpまで。